Ermin Begovic

ELIN

Förlag: BoD – Books on Demand, Stockholm, Sverige
Tryck: BoD – Books on Demand, Norderstedt, Tyskland
ISBN: 978-91-8097-489-9

Mamma och Pappa,
läs den på egen risk.

Ett stort tack till de som motiverat och inspirerat mig till
att påbörja författarkarriären. Ett ännu större tack till L.T.
en sann vän som har hållit mig på rätt spår under skrivandet.

FSC
www.fsc.org
MIX
Papper från
ansvarsfulla källor
Paper from
responsible sources
FSC® C105338

PROLOG

I dagens samhälle är det väldigt svårt att dejta, men inte särskilt svårt att hitta en dejt.

Dejting-processen har vänts upp och ner; det är idag en standard att hitta någon att ligga med innan man blir seriös med dem. Alla verkar vara i en »*Hoe-phase*« där de ligger med flera olika personer. Det finns appar där man matchar med främlingar och någon timme senare så ligger man med varandra. Att finna en seriös relation är inte i lika stort fokus som det en gång var och en sådan kultur skapar två helt olika tankesätt och världar.

Killar tänker oftast bara med kuken, den tar dem till platser de inte ens hade gått med ett vapen, bara för att få ligga. De saknar konsekvenstänk för sina handlingar och så länge de får ligga är de nöjda.

Tjejer å andra sidan tänker oftast lite mer försiktigt. Tjejer vill ta hem en kille, men de är rädda för vad som kan hända. Går de hem till en kille meddelar de sina vänner vart de är och om de inte har hört av sig under en viss tid så antar de att någonting dåligt har hänt. Hundra olika sätt att dö på går igenom tjejens huvud när de ska träffa en kille, hundra olika scenarion på hur kvällen kan gå. Knulla är inte huvudfokus.

Elin är en tjej som trivs i ett sådant samhälle där hon anses vara ett lätt byte; en oskyldig tjej killar lätt kan utnyttja och ligga med. Vad de inte vet är att det är Elin som avgör hur kvällen ska sluta.

Kapitel 1

ABEL

Klockan är efter 20.30 och solen har fortfarande inte gått ner. En varm och stilla julinatt i den Småländska staden Växjö och gatorna är fulla av folk. Utanför O'learys börjar det sakta bildas en kö med fulla och glada människor som vill in och dansa. Polisbilar åker sakta längs huvudgatan för att se till att alla är säkra.

Nyblivna studenter skriker Håkan Hellström-låtar i kör och en ojämn stämma och har hela livet framför sig. Lyckliga par promenerar hand i hand ner mot Växjösjön för att njuta av det stilla vattnet och varandras sällskap. Esteterna och rockarna samlas på Café Deluxe för att njuta av droger och ett liveuppträdande av ett lokalt band som spelar i källaren.

Bland allt folk går Abel, en 23-årig kille, i sina egna tankar avskild från det som sker runt omkring. Med sin långa och kraftiga fysik rör han sig smidigt bland folkmassan, knappt så att någon lägger märke till honom. Abel undviker helst att väcka uppmärksamhet och ogillar de blickar som ofta dras till honom på grund av hans stora fysik. Med sina kalla ljusblåa ögon iakttar han människorna. Han ser på dem med en död blick och ett känslolöst ansiktsuttryck, nästan som en trött hund. På halsen och handlederna har Abel gamla ärr som han har försökt dölja under sin uppväxt, men med åren har de blivit en del av honom. Han skäms inte längre; varken för ärren eller sitt förflutna som skapat dem. Genom den vita t-shirten kan man skymta ärr som går ner längs den breda ryggen.

Denna kväll, precis som de flesta andra kvällar, är Abel ute på en nattpromenad för att komma ut ur lägenheten och samla sina tankar. Han bor i ett tidigare livfullt kollektiv som nu fungerar som en vanlig lägenhet då folk, en efter en, valt att lämna.

Endast två stycken bor nu kvar i den ödesdigra lägenheten på Hovshaga i den västra delen av Växjö.

Abel iakttar de glada paren som håller hand och skrattar tillsammans. Han är avundsjuk på alla kompisgäng som dricker tillsammans och njuter av sommaren. Han har aldrig haft någon som han kunnat kalla sin kompis eftersom att han alltid har varit en tyst och blyg person som ingen har förstått sig på. De få personer som kallat sig hans vänner har utnyttjat honom och förstört hans tillit till omvärlden. Ofta har han blivit lämnad ensam, ledsen och sårad.

Den varma luften och allt folk får Abel att svettas under promenaden. Han torkar av svetten från sitt snaggade huvud och går in på Ica Cityhallen för att handla något att släcka törsten med. Omärkbart går han längs hyllorna och lyssnar på alla glada människor som pratar; par som diskuterar vad de ska köpa inför filmkvällen och ungdomar som diskuterar kvällens utgång. Något får Abel att stanna upp och lyssna. Ett par planerar en mysig filmkväll och han drömmer om att en dag få uppleva känslan av att ha någon vid sin sida som han kan dela sin vardag med. Men den personen han drömmer om är just bara det, en dröm som aldrig kommer att bli till verklighet.

Dämpade toner av Lamb of God hörs från lägenheten när Abel närmar sig kollektivets ytterdörr. Från fönstret på andra våningen lyser neonfärger i ljusblått och rosa.

Abel vet exakt vad som väntar. Han suckar djupt och går in i byggnaden. Med mörka ringar under ögonen och samma tomma blick som alltid förbereder han sig för det som väntar honom där inne. Han öppnar ytterdörren och möts av *Laid to rest* i högsta volym. Skriken inifrån sovrummet är knappt märkbara och endast då han passerar precis utanför för att gå in till sitt eget rum hörs det tydligt att någon ber för sitt liv.

På en hylla i sovrummet, på väggen i andra änden av rummet, har Abel massor av små figurer byggda av saker som han har hittat ute i skogen och på gatorna.

Figurer gjorda av kvistar och löv, några med kapsyler som hattar. En av figurerna är en huvudlös barbiedocka som Abel hittade utanför en lågstadieskola och huvudet av en kråka som han hittade liggande död på trottoaren. Han drog huvudet av kråkan och tvättade bort allt blod på innan han limmade fast den på barbiedockan.

Många av figurernas huvuden och kroppar är gjorda enbart av ihoplimmade tänder som han samlat på sig under åren. Tänderna bevarar han i en stor glasburk som han tar med sig till köket för att bygga ytterligare figurer.

Skriken och stönen inifrån det andra rummet blir högre och Abel stänger ögonen automatiskt varje gång för att stänga ut allt ljud och känslor som väcks.

I köket finns lim, pincett, ståltråd och lite av allt möjligt som behövs för att bygga sina figurer. Abel går in i köket, sätter burken på bordet och börjar pyssla, han tar ut tänder han tycker passar bra som huvud, händer eller kropp som han limmar ihop. Det tar sin lilla tid och dessa stunder är ett av Abels heliga platser, mentalt men även fysiskt, han försvinner in i sin egen värld och glömmer allt som händer runt om honom.

Stönen blir högre och högre och när de nått max ljud vet Abel vad han måste göra. Han lämnar ifrån sig tänderna, ställer sig upp och öppnar skåpet bakom sig som agerar städskrubb med diverse städmaterial. Han tar ut blekmedel, svarta sopsäckar, nitrilhandskar, mopp med hink, skrubbsvamp samt ett stort förkläde i brunt läder med diverse röda och svarta fläckar på, som han tar på sig. Sedan tar han på sig de svarta nitrilhandskar i storlek L innan han tar ut en bensåg från hyllan längst upp. På bordet lägger han rullen med svarta sopsäckar till senare bruk.

Under tiden han sätter på sig förklädet och tar allt material har ljudet från sovrummet slutat helt och dörren öppnas på glänt. Doften från doftljus och essentiella ångor har blandats med svettlukt, kroppsodörer, blod samt död och den cocktailen av stank smyger sig ut i kollektivet. Abel är van, stanken har han förknippat med något positivt: att det äntligen är över och han fylls av ett lugn när neonlamporna lyser ut i hallen och välkomnar honom in.

Ut ur rummet hoppar en blond tjej glatt ut och ler mot honom. Elin, en kort och smal 21årig tjej, långt blont, uppsatt hår med blodfläckar i och gröna ljusa ögon som är fulla av liv och glädje. Hon är inte så muskulös men är ganska vältränad och smal. Hon har även några tatueringar på kroppen, men de som sticker ut mest är två röda ormar som sträcker sig ner för vardera axel och slutar ovanpå varsitt bröst, precis under nyckelbenet.

Elin nästan svävar förbi Abel in till köket för att släcka törsten efter en vild kväll. Hon är klädd i ett par svarta klackar med lila botten samt svarta spetstrosor med öppning där fittan är, samtidigt som kroppen är täckt med blod på diverse platser. Abel känner hennes goda parfym som trycker igenom all stank, den ger honom glada rysningar i kroppen och en varm känsla i magen.

Innan Abel går in till rummet lägger han ner plast på toagolvet, ut i hallen och sedan in till sovrummet, toaletten ligger vägg i vägg med båda sovrummen så det blir smidigt för honom att täcka för golvet.

Han går fram till sängen där en ung kille ligger död, armar och fötter fastkedjade till sängen med handklovar. Armarna är fyllda av skärsår från ett vasst föremål och blod har runnit ut, likaså har halsen ett större jack i sig med blod som runnit ut över bröstet. Abel tar loss killen från sängen och bär in honom i toan, han går över mattan av plast på golvet och placerar kroppen försiktigt i badkaret. När killen ligger blodig i badkaret sätter sig Abel ner bredvid badkaret på en pall för att göra sin grej.

Abel tar upp killens vänsterarm och knäcker hårt av axeln så den går ur led innan han börjar såga av den. Sakta sågar han av andra lemmar, det rinner fortfarande ut lite blod när Abel sågar men inget som skapar problem, det rinner bara ner i badkaret. Detta har blivit en vardag för Abel sedan längesen och han reagerar knappt på det absurda han håller på med. I den andra toan på andra sidan hallen ser han Elin duscha med öppen dörr och sjunga som om ingenting har hänt. Sakta och med en ljus och vacker röst sjunger hon *»Himlen är oskyldigt blå«* medan vattnet rinner ner för hennes kropp, Abel vänder tillbaka blicken till killen i badkaret och gör sin grej.

På väg till sitt rum efter duschen stannar Elin upp vid toadörren och kollar på Abel.

– Telefonen? frågar hon med bestämd röst.

– Vardagsrummet, svarar Abel med sin tysta röst.

– Ta med den sen när du drar.

Elin ler och går in till sitt rum och tar på sig en hoodie. Abel stannar kvar med blicken efter henne, varje gång hon går förbi toan under kvällens gång beundrar han henne som en hund med huvudet på sned. Hennes vackra modell-liknande söta ansikte och doft av frukt fyller Abel med värme. Elin sätter sig i vardagsrummet och fifflar med killens telefon en stund, raderar all info som kan leda till henne.

När Abel är klar med sågandet lägger han kroppsdelarna i de svarta sopsäckarna som han förberett tidigare och lägger sedan säckarna i en stor svart Intersport-väska. Huvudet lägger han in sist då Abel först måste ta ut alla tänder så personen inte går att identifieras och spåras tillbaka till dem. Sakta drar han ut tand för tand med en tång, han njuter av varje utdragen tand, ljudet och känslan av att tanden lossnar från köttet gör Abel lugn, det är tillfredsställande. Tänderna lägger han i den stora glasburk han har placerat bredvid sin fot på golvet.

Klockan två på natten är Abel klar med kroppen, alla kroppsdelar ligger i väskan och nu är det bara att städa undan efter sig. Elin har somnat på soffan så det är fritt fram för Abel att gå in i Elins rum för att plocka på sig lakan och kuddar och slänga in dem i tvättmaskinen. Han tar även med sig en hink med varmvatten och olika sorters tvättmedel för att tvätta bort blodfläckar från sängramen som är gjord av mörkgrått tyg, fläckarna syns inte så noga men bäst att vara på den säkra sidan.

När sängen är ren och alla bevis från kvällen är undanplockat tar Abel med sig väskan och killens mobil ner till bilen och kör ut till en skog i grannbyn Alvesta, 30 minuter ifrån, en säkrare by där ingen blir misstänksam.

På väg till Alvesta kör han några varv i Växjö och slänger telefonen i ett dike strax utanför campus innan han fortsätter vidare. Platsen Abel föredrar att göra sig av med kropparna på heter Spånen, en sjö som är omringad av tät skog och inte ett hus på flera kilometer. Lite längre in i skogen, bort från sjön och bryggan där folk solar och leker, finns en grillplats. Abel tar med sig väskan till grillplatsen där han gör upp en eld och lägger på sopsäcken på elden samtidigt som han sitter och värmer sig. Säcken brinner upp snabbt men kroppsdelarna tar längre tid, under tiden som kroppen brinner sitter han på en stubbe och fascineras av elden, hur skinnet bubblar när det bränns bort. Detta är den andra tysta och harmoniska stunden Abel har för sig själv som han försvinner i och glömmer bort verkligheten för en stund. Klockan är nästan halv fyra på natten och inte ett ljud hörs runt om, några få fåglar kvittrar ibland och försvinner, det enda Abel hör är sprakandet från elden.

2

MAJA

(Januari 2019)

– Fan, jag orkar inte mer! Kan vi inte ba gå hem och dricka, ta detta i möra istället?

– *»i möra«*

– Käften...

Maja blir ofta retad för sin värmländska dialekt, hon kan inte rå för att den kommer fram ibland men det tycker folk är gulligt med roligt.

Maja är en brunhårig, kort värmländsk tjej med en street/slackerstil och skinn på näsan. »En kaxig liten jävel« som hennes pappa brukade säga, en sån tjej som oftast slänger ur sig svordomar eller snuskiga saker. Oftast har hon på sig mjukiskläder som är oversize eller så har hon svarta ripped jeans och flätor under sin vita beanie-mössa, en färgglad t-shirt och vanliga vita sneakers.

Hon sitter i ett grupprum och skriver på ett arbete tillsammans med sina klasskompisar; Karl och Hanna som hon har bildat ett litet gäng med under första terminen.

Karl är brunhårig kille från Göteborg med en mer »lumberdaddy« stil, som Maja kallar det, även om han inte kan odla ett skägg. Svarta eller ljusblåa jeans, oftast, t-shirt med antingen ett rockband på framsidan eller en vanlig tröja under en uppknäppt skjorta, flanell eller mönster-lös i mörka färger.

Hanna däremot har en stiligare klädstil än de andra. Hon är oftast uppklädd i senaste modet med beige vinterkappa, snygga blusar eller skjortor i neutrala färger och läderbyxor, sällan att hon har på sig mjukiskläder eller hoodies, tvärtemot Maja.

En blond svensk tjej från Kalmar med ett intresse för realityserier, mördar-dokumentärer och hästar. Januari är i full gång, Maja, Karl och Hanna är inne på sin andra termin på lärarutbildningen på Linnéskolan i Växjö. De sitter i ett studierum på bottenplanen av biblioteket och skriver grupparbete om psykologi. De måste lära sig psykologiska termer, teorier och utvecklingsteorier för att veta hur människan fungerar så att de lättare kan skapa goda relationer till eleverna.

– Vad ska vi skjuta fram till möra? Frågar Karl skrattandes?

– Jag fattar ju inte det här med »id, ego och superego«. Vafan menar gubbjäveln?

– Jo men såhär. Det första »id« är själva lusten, den undermedvetna och animalistiska delen av personen. Formas direkt vid födseln och står för omedelbar njutning och vår mänskliga instinkt att söka oss till den. Korttids tänkande och inget konsekvenstänk, barnet eller djävulen i oss.

– Exempelvis: jag är hungrig och ska fixa mat nu. Sen kommer »ego«, som utvecklas efter samhällets normer och vad som anses vara acceptabelt. typ: Jag är hungrig, men är det okej att jag lämnar allt jag gör nu för att fixa mat? Kanske inte. Den är verkligheten som vi ser den, kamp mellan ont och gott.

– The ego keeps the id at bay. Flikar Karl in. »Ego« håller ett koppel om »id«.

– Och sist är det superego. Den ansvarar för din moraliska sida. Skuldkänslor, sorg och dåligt samvete efter ditt agerande. Men även långtids tänkande, styrs inte av impulsivitet eller bekräftelse, den styrs av att skapa ett gott samvete och bra handlingar. Även om man innerst inne vill göra något impulsivt så tar »superego« ett steg tillbaka och försöker att styra oss rätt.

Det är en blandning mellan undermedvetna och medvetna . Låter man ens »id« styra när man är kåt och man knullar någon bara för att få det ur systemet så tar »superego« över efteråt. Man kanske mår dåligt och skäms eller inte, beroende på hur starkt »superego« man har.

– Om »id« är djävulen så är »superego« ängeln, typ.

Maja skriver ner stödord under varje begrepp men det är för mycket information för henne just nu. Hon är trött, det är kallt i studierummet och hon vill bara hem till soffan och dricka vin, kolla på någon serie under en filt.

– Lite som vi tre då, säger Hanna. Karl du är den försiktiga, Maja är den galna och jag är mittemellan.

Maja börjar smått skratta.

– Du är galnare än mig, Hanna.

– ...okej då, instämmer Hanna och skrattar.

Under deras studieperiod har Maja fått upp ögonen för Karl och att vara i samma kompisgäng har bara ökat hennes intresse. Han är en varm och genuin kille, tillbakadragen som hon, men även en festare. Maja gillar att han är inbjudande och klickar med alla sorters människor, en sådan person man vill vara vän med.

Men Karl verkar inte vilja bli något mer än en vän, han visar inga tecken på intresse för Maja och hon vet inte hur hon ska gå tillväga, förhoppningsvis hittar hon en chans under de kommande tre åren.

– Vad ska ni göra i sommar då? frågar Hanna.

– En bit kvar till sommaren, men antagligen sommarjobb i Göteborg, nätter på Postterminalen kanske. Bra med pengar, svarar Karl utan att lyfta huvudet från sin laptop.

– Du då Maja?

– Ehm..vet inte riktigt. Vi brukar åka ner till vår sommarstuga i Karlshamn med familjen. Men långt dit, först måste jag klara av baletten, känner jag.

– Baletten? frågan Karl nyfiket.

– Har jag inte sagt det? Har börjat med balett, bara gått två gånger dock och vi har några framträdanden i vår. Så fullt fokus på det just nu.

– Det trodde jag inte om dig, tuff tjej som du dansar balett. Hade gissat på streetdance alla dagar i veckan, skojar Karl.

– Skenet bedrar, skojar Maja tillbaka. Nej, men en gammal klasskompis har påbörjat en danskurs, så jag anmälde mig impulsivt och nu går jag några kvällar i veckan, som bambi på is.

– Modigt ändå, du får gärna visa oss sen när du blivit ett proffs, svarar Hanna.

– Ja, absolut, tillägger Karl.

– Absolut, men just nu suger jag, skrattar Maja blygsamt.

De kollar på varandra i några sekunder, Karl ger henne ett varmt leende.

– Men vad mysigt med stugan också ju, är ni där hela sommaren? frågar Hanna

– Ja, jo, två-tre veckor ändå. Min bror och hans familj kommer dit, han har två döttrar. Så är mamma och pappa där, vi grillar, går ut på stranden och sånt.

– Kul!! Får man följa med? skojar Hanna.

Lite osäker på om Hanna skojar eller inte men det hade alltid varit kul att få med vänner ner dit, tänker Maja.

– Ja men absolut, hade varit trevligt att få med lite kompisar dit med. Om vi fortfarande är kompisar efter detta grupparbetet.

– Ja, vi kanske dödar varandra innan, säger Karl skrattandes och ler mot Maja.

– Ja, vem vet, skrattar Maja tillbaka. Nej men absolut ni är välkomna, kan kolla om flera från klassen vill följa med.

– Hur kommer det sig att ni hittade en stuga i just Karlshamn? Det är långt att åka från Arvika till Karlshamn, frågar Karl nyfiket.

– Jag tror att mina farföräldrar var från Karlshamn och stugan är min farfars barndomshem som gick i arv när han dog. Så nu är det vår sommarstuga.

– Ojdå, jag beklagar.

Karl skäms att han frågat men Maja tycker bara det är kul att han visar intresse för henne.

– Tack, han dog för längesen så det är lugnt.

Efter några timmar stänger de ner sina laptops och tar på sig jackorna för att lämna biblioteket. Klockan är 17.38 på tisdag och de har inlämning onsdag morgon vilket vanligtvis brukar uppföljas med fest på kvällen.

– Men ska vi inte ut och fira imorgon? Att vi är klara. säger Hanna och stänger ner sin laptop.

– Klara med skrivandet bara, vi ska ju fortfarande presentera det nästa vecka, svarar Maja.

– Ja men vafan, lite kan vi ju festa, försöker Hanna övertygande. Vi kan
  förfesta hos mig och sen gå ut på Sivans?
Maja hinner inte säga något med innan Karl instämmer på att det låter
som en bra idé, då ser Maja sin chans.
– Okej då, när tänkte du? säger hon.
– 17-tiden? Efter seminariet går vi hem och käkar, fixar oss, sen får ni
  komma hem till mig. Jag kan skriva i klass-chatten också och se om
  andra vill komma?
– Perfekt, nickar Karl.

***

Klockan är nästan 20.00 och förfesten är igång. Hanna fick med sig
flera från klassen så tillslut blev de nio stycken. Några kör beerpong,
de tävlar i »flip-the-cup« och kortspel såsom »ring of fire« som ibland
inkluderar »jag har aldrig«. Maja är alltid lika taggad när de kör denna
leken då hon får lära känna sina klasskompisar på djupet, många av
dem överraskar henne enormt. Vissa visar mer av en sexuell sida hon
absolut inte förväntade sig, speciellt Karl. Maja rår inte för det men ju
mer Karl öppnar upp sig desto mer växer lusten för honom. Kvällen
flyter på och ju mer alkoholen flödar desto mer börjar folk öppna upp
sig. De visar sina galnaste sidor och naturligtvis släpper även Maja på
tyglarna, hon visar sitt rätta jag. Hon visar sin grova sida och erkänner
att hon varit med om det ena och det andra sexuellt.
Den lugna och ordningsamma fasaden som Maja har i klassrummet
släpper.
Efter ett tag tar konversationerna en vändning som Maja tycker om,
det börjar med att Sara och Hanna pratar högt om en obehaglig person
de sett på campus några gånger och plötsligt är hela rummet involve-
rade i samtalet.
– Men jag har sett honom flera gånger på campus, fast jag tror inte han
  pluggar, säger Sara.
– Jag har inte sett honom festa heller, han går bara runt och ibland

ser jag honom i stan. Han går runt med en död blick, nästan ledsen, väldigt obehaglig när han börjar stirra på en.

– Vem? frågar Karl.

– Vi vet inte vad han heter, säger Sara.

– Men han är stor och läskig, tillägger Hanna. Snaggat, lång kille, ser typ död ut i ansiktet, kraftig.

– Tjock? frågar Maja.

– Nej nej, inte tjock. Mer muskulös.

– Ja, honom har jag sett, tillägger Karl och många andra håller med.

– En riktigt serial killer, säger Sara med vidöppna och spända ögon.

– Jeffrey Dahmer kanske? tillägger en annan.

– Man får ju inte hoppas på det, säger de och skrattar lite lätt.

– Hade inte haft något emot honom om han var normal dock, han är söt om man inte stirrar honom i ögonen, säger Hanna. Tänk en sån stor kille, trycka ner dig i sängen och bara leka med dig.

– Mh.. jotack, bara lek med mig, säger Maja och tar en klunk och kollar på Karl.

Under tiden de pratar sitter Arvid med sin telefon och Tindrar, han swipear höger på de flesta tjejerna men med knappt någon tur, ingen matchning.

Mitt i snacket om den konstiga killen flikar Niklas in med en kommentar som väcker deras intresse.

– Jag tror han gick på samma skola som mig ett tag. Om det är samma kille vi pratar om. Har han ärr på halsen?

– Ja det har han!! säger Sara.

– Vart gick ni i skolan tillsamman? Frågar Hanna.

– Vislandaskolan. Ungefär 30 km utanför Växjö. Han gick där i några år typ, sen försvann han, eller bytte skola.

– Åfan. Var han lika konstig då? frågar Hanna

– Minns inte honom så mycket, han gick mest bara runt för sig själv tror jag.

– Så precis som nu då? säger Hanna små skrattandes.

– Ja men precis. Han var väldigt skum. Tror han hade en tjejkompis
som han umgicks, en konstig tjej hon med. Men lika barn leka bäst.

– Spännande, kanske finns en likadan tjej någonstans i Växjö som går
runt och stirrar på folk.

– Usch nej, hoppas inte, tillägger Niklas. Hela den familjen var konstig,
det sades att de var med i en kult eller Jehovas vittne.

– En kult eller Jehovas, skrattar Hanna. Så random, men ja, det är väl
kanske samma sak.

– Ja, skrattar Niklas. Jag vet bara att alla i Vislanda tyckte att de var
konstiga.

– Vill du ha något att dricka?

Maja är inte beredd på frågan och kollar åt höger för att se vem det var
som sa det och om den var riktad mot henne. Det var den och det var
Karl som ställde frågan.

– J..ja, visst. Fixar du eller?

– Jadå, jag överraskar dig. säger han och blinkar.

Det kan vara alkoholen som gett Maja modet och Karl intresset, men
det var en liten kemi mellan dem för stunden. Förhoppningsvis blir det
mer än så. Maja går snabbt på toa för att kissa och fräscha till sig ifall
det skulle hända något mer seriöst under kvällen. Karl blandar ihop en
drink med smått och gott som han hittar i Hannas kök, nästan en Long
Island Ice tea och häxblandning.

Maja kommer ut ur toan och möts av Karl med drinken i handen, hon
tar en första smutt som överraskar henne positivt. Drinken är stark men
väldigt söt, den går ner relativt enkelt.

pling

Arvid får en notifikation på telefonen, han har fått en matchning.
Han går in på Tinder och visar grabbarna bredvid sig och sedan resten
av gänget.

»ELIN. 22 år, 1 km ifrån«. Bilder på en halvt naken Elin i ett neon-fyllt
rum av ljusblå och rosa färger. Hon liknar en e-girl eller cosplayer med
blont hår, gröna ögon, tatueringar och mycket animerat smink på sig.
Niklas och grabbarna blir taggade och diskuterar vad de kan skriva till

henne medan Maja och tjejerna bara suckar åt att såna tjejer ens existerar. Men viktigast av allt, att killar attraheras av sånt.

Maja vänder sig till Karl som ger henne ett glas och sätter sig bredvid henne.

– Nästa gång fixar jag drinken, säger hon och ler.

3

ELIN

Joel har tungan i Elins mun, en helt främmande tjejs mun som han matchade med för mindre än två timmar sedan. Joel, en charmig kille som pluggar till lärare på Linneuniversitetet, var glatt överraskad när han såg Elin och det blev en matchning.

Vanligtvis är Tinder inte något för Joel, han har haft ett förhållande i nästan sex år med som tog slut på grund av otrohet från partnerns sida. Han sökte sig till Linneuniversitetet och ekonomprogrammet som en flykt, en nystart på livet och att gå utanför sina bekväma ramar.

Joels kompisar uppmanade honom till att ladda ner Tinder och våga gå ut på dejter vilket har resulterat i fem roliga dejter men dock inget som lockar i längden.

Han hade aldrig sett Elin förut, varken i Växjö eller på Linné. Hon säger att hon har studerat samhälls-och beteendevetenskap i ett år men att hon inte varit ute så ofta.

– Jag är ganska introvert egentligen, säger hon. Men jag försöker ge mig ut på dejter när jag kan, ibland festar jag om klasskompisarna tvingar ut mig.

– Jag förstår dig helt och hållet, mina kompisar tvingade mig att ladda ner Tinder och gå på dejter. Det känns tufft i början men det är nyttigt att komma ut, säger Joel glatt.

– Absolut, man mår bättre av det i slutändan. Vi kanske har setts i dimman någon gång för jag kände igen dig när vi matchade. Ett svagt minne av att vi kanske dansat tillsammans, men jag kan ha fel. Jag brukar bli ganska full om jag ska ut för att slippa tänka på allt folk.

– Ja kanske, jag kan bli ganska full jag också, skrattar Joel.

Nu sitter de där på Elins soffa och hånglar på torsdag, dricker vin och äter pizza.

Joel tog cykeln till Elins lägenhet just så han kunde dricka och i värsta fall kunna ta sig hem, men Joel hoppas på att få sova över och i bästa fall få ligga. I campus kulturen är det väldigt vanligt att tjejer bjuder hem killar eller tvärtom, man dricker lite vin, pratar, knullar och sen är det 50% chans att man gör om det eller aldrig så ses man aldrig mer igen. Cykelturen från campus till Hovshaga tar ca femton minuter men det kändes som två, kåt och nästan chockad över att en tjej som Elin vill träffa honom cyklade Joel med all sin kraft.

Elin berättar om hennes intresse för psykologi, hur hon haft problem med ytliga killar innan som manipulerar henne och gett henne psykiska problem. Hur hon går till en psykolog ibland och går på antidepressiva. Men hon berättar även sina framtidsplaner, att hon kommit ur sitt mentala mörker och strävar efter en mer hälsosam framtid med träning och positivt tänkande. Joel kan relatera och berättar om hur hans före detta flickvän var otrogen mot honom och att det har lämnat psykologiska ärr hos honom. Han håller även med om att nästa relation ska vara positiv och kännas rätt.

– Man ska hitta någon som får en att känna sig glad, lugn och bekväm. Tillit är väldigt viktigt för mig, säger han.

Elin håller med och hoppar glatt upp.

– Vet du vad vi behöver? säger hon med entusiasm i rösten. Vi behöver en drink som får oss att känna oss glada och bekväma med varandra, vänta här.

Hon går in i köket och börjar blanda en drink hon pratat om: Blue Lagoon.

En söt men farlig drink, man känner knappt av den vita romen och innan man vet om det är man för full och utan kontroll.

– Blue Lagoon! Lite som jag, söt men farlig, säger hon och fnissar.

Hon blinkar sexigt till Joel som blir lite spänd och taggad på henne, han ryser smått av tanken på att denna kvällen kan bli vild på ett roligt sätt.

Medan Elin står i köket och blandar sitter Joel med sin telefon, leendet är enormt.

Joel kan inte sätta fingret på vad det är som gör Elin så unik, kanske är det hennes galna med varma energi som gör honom nyfiken på henne. Det är både röda men även gröna flaggor blandade ihop. Hennes provokativa och nästan nakna bilder på Tinder säger en sak, men att sitta och prata med Elin om hennes liv ger en helt annan historia. Man lockas in med nakenheterna och fastnar för hennes intellekt och varma personlighet, något Joel är glatt överraskad över då hans enda tanke var att knulla och sen cykla hem men nu får han känsla av att det kanske kan bli något seriöst med Elin om de fortsätter ses.

– Vill du ha is i din? Frågar hon glatt och håller i påsen med is.

– Ja tack, absolut.

De sitter och dricker sina drinkar, kvällen har dragits ut på flera timmar från att Joel kom till att de avslutar med drinkarna. Långsamt rörs det mot mera hångel och mot något mer seriöst. Joel smeker hennes kropp och tar sakta av henne tröjan, hon tar av Joels. De ligger på soffan halvt nakna och smeker varandra, Joel leker med Elins bröst samtidigt som han kysser hennes nacke långsamt, han börjar röra sig ner. Elin låter hans hand glida ner i byxan och under trosorna. Hon tar av sig byxorna och lutar sig tillbaka i soffan, låter Joel göra sin grej.

Joel försöker följa Elins kropp, han utforskar sig fram med tungan och om hon reagerar på något han gör och stönar så fortsätter han med det. Testar sig fram med olika metoder och takt, ibland är det en lugn takt som sakta ökar och ibland tar han hjälp av sina fingrar. När han får en skön känsla från Elin och känner att hon njuter då blir han glad, han tänder på det.

Joel känner sig lustig, hans kropp blir mer avslappnad och ljudet från filmen i bakgrunden blir allt svårare att höra. Han misstänker att han, precis som Elin sa, blivit fullare än förväntat av den söta drycken.

När Elin stönar och njuter som mest tar nog ner händerna och trycker undan hans huvud, Joel kollar upp på henne och hon skakar på huvudet.

– Inte ännu, säger hon och ler.

Hennes blick är nästan som om hon är hög, hög av njutning och hon hjälper Joel upp för att ta det vidare.

På vägen till sovrummet, tycker Joel att han ser någon stå och kolla på honom på andra sidan hallen, det tycks vara en stor man men Joel hinner inte få en bra titt innan han förs in i neonljuset.

Han lägger sig på sängen och känner hur det mjuka lakanet smeker hans bara överkropp, det känns skönt. Elin drar av honom byxorna och efter det långsamt kalsongerna. Han tittar ner och möts av Elins mystiska leende igen, Joel ler tillbaka och tittar sedan upp i taken. Väldigt skumt tak, tänker han. Fläckar och ränder mest ovan sängen och när han går ner med blicken längs väggen ser han likadana ränder. Svårt att säga vilken färg de är i neon men speciella tapeter minst sagt, tänker han. På andra sidan rummet, ser han sexleksaker uppradade på en hylla.

Piskor, vibratorer, masker, mouth gags, nypor, buttpluggs, handfängsel och annat.

En väldigt speciell tjej detta, märker Joel, hennes Tinder bilder ljuger dock inte.

Samtidigt som han ligger och funderar har Elin tagit av sig kläderna och står nu i spets underkläder framför honom. Han kollar på hennes kropp och beundrar ormarna längs hennes axlar som möts ovanför brösten. Elin går ner mot hans kuk och börjar leka med den, Joel njuter. Rummet börjar plötsligt snurra och han försöker säga åt henne att komma upp men han får inte ut orden, så mycket drack han ju inte, tänker han. Elin kommer upp och tar ner den långa handfängslen från väggen och en munkavle som hon stoppar in i Joels mun. Han märker hur det blir svårare och svårare att kontrollera sina armar när han försöker ta ut den, de viftar bara runt utan kontroll. Elin fängslar först hans vänstra handled och går sedan runt för att fängsla den högra. Nu inser Joel att det var mer i den där drickan, han är fullt medveten om vad som pågår men kan inte kontrollera någonting. Paniken börjar slå in och det märker Elin, det är inte hennes första Tinderdejt. Hon öppnar byrån bredvid sängen och tar ut en Viagra som hon tvingar ner i Joels hals för att hans kuk ska hålla sig hård utan påverkan av Joels panikattack.

Efter det ser Joel att hon går och stänga dörren, det är då Joel ser den stora killen igen, ståendes i hallen med en död blick som är fastspänd i Joel. Denna gången är han säker på att han inte drömmer men Elin hinner stänga dörren innan Joel kan få en noggrannare titt.

Hon sätter sig sakta på hans kuk och börjar rida, »Laid to Rest« spelas i bakgrunden igen och neonlamporna lyser starkt. Joel har lite av en inre panik över att han inte kan röra på sig, musiken är för hög och lamporna bländar honom. Allting är känsligt just nu men njutningen ökar och det är en konstig känsla i hela kroppen.

Det blir allt mer aggressivt då Elin klöser och river på Joels armar och bröst, hon stönar högt och stryper honom och sig själv när hon rider. Väldigt skön njutning samtidigt som det gör ont, Joel vet inte hur han ska tycka om smärtan, Elin är kanske lite för vild för honom. Han försöker lugna henne men orden kommer inte ut, det gör ont på kuken när hon rider så hårt.

Det är då han känner något varmt på underarmen och när han kollar ser han att det rinner blod från ett öppet sår. Har hon rivit honom så hårt att han börjat blöda? Joel hinner inte riktigt reagera innan han känner en liknande känsla på bröstet och sedan på låret. Det bränner och svider oerhört mycket, det rinner blod men Elin knullar hårdare och stönar hårdare. I en snabb sekund ser Joel rakbladet rakbladet i Elins hand och han förstår direkt att hon har skurit honom. Han börjar skrika men ingen kan höra honom av den höga musiken men även att hans mun är fylld av en gummiboll. Han försöker skaka och rycka sig loss men kroppen rör sig inte. Elin skär ännu mer och Joel gråter, denna kväll går inte alls som Joel tänkt sig. Fler och fler sår skärs upp och Joel har ingen kraft kvar att skrika eller försöka kämpa emot. Elin rider honom hårdare och stönar högre än någonsin, hon är snart klar och precis innan hon når klimax skär hon honom längs med halsen. Joel kan inte längre andas, mun och luftvägar fylls med blod, han kämpar för att andas genom näsan men det går inte, det är för mycket för honom. När han ligger där och kvävs av blod och brist på luft ser han hur Elin kommer och skriker av njutning innan det blir svart.

När hon är klar går hon ut till badrummet och tar en dusch samtidigt som Abel stiger in i rummet för att städa. Efter duschen tar Elin Joels telefon och raderar allt bevis på att de ens pratat, varken på Tinder eller Snapchat innan hon förstör telefonen med hammare.

$$4$$

VISLANDA

I den lilla traditionella småländska staden Vislanda, ca. 30 minuter utanför Växjö, gömde sig en mörk hemlighet, en hemlighet i form av en glad familj.

En familj som, på utsidan, verkade vara helt vanliga men som i själva verket gömmer en fruktansvärd hemlighet. Familjen Dahlén höll sig inte innanför de traditionella »svenska ramarna«, till skillnad från alla andra familjer i Vislanda. De hade sedan tidigt 70-tal, i hemlighet, format en egen religion de förhöll sig till och tillägnade sitt liv åt. De var den första av sin sort i Småland, djävulsdyrkare som utförde satanistiska ritualer och när alla andra familjer träffades i kyrkan på söndagar eller vid högtider hade familjen Dahlén redan påbörjat sitt egna firande med de få som fick äran att bli inbjudna utifrån, in till deras mörker.

Det fanns alltid en skum aura runt familjen ända sedan familjens skapare, Jon Dahlén, träffade sin fru Ingrid och tillsammans bildade de något av en sekt som bara växte med åren. Jon och Ingrid öppnade upp ett barnhem i mitten av 70-talet där de tog in barn de adopterat vars föräldrar dött eller fallit för missbruk och inte kunnat ta hand om dem. De köpte en gård precis utanför byn med en ladugård och djur de kunde ta hand om för att skapa en trygg miljö, ett lugn ifrån de andra och ett utanförskap från allt ont som ansågs vara dåligt för barnen. Det började lätt med två barn som tillsammans med Jons och Ingrids egna tre barn bildade en familj.

Deras bohemiska livsstil och lust att hjälpa barn fick många i Vislanda att prata, men inget negativt syntes utifrån.

Barnen gick i Vislandaskolan som alla andra, de spelade fotboll på fritiden och deltog i andra aktiviteter med andra barn på fritiden och inget verkade vara »onormalt« på något sätt. Jon och Ingrid var ett snällt par som visade sig på torget ibland med en hemmagjord marknad där de sålde saker de skapade hemma, oftast halsband och armband gjorda av olika material. Många antog att familjen var en del av Jehovas vittne, vilket i sig var skumt för att vara i en liten by i Småland, men vad som egentligen gömde sig under ytan kunde ingen ens föreställa sig.

Kulten »Dahlén« växte med åren då de anordnade ritualer och högtidsfirande i form av ceremonier där högt uppsatta människor i samhället deltog, såsom: präster, läkare, advokater etc. Prästerna, läkarna och de andra tog även med sina barn som invigdes i familjen och drogs nytta av på olika sätt. Jon och Ingrid gavs namnen »*Far*« och »*Mor*« av de besökande då de alltid tog hand om gästerna som om de vore en del av deras familj. Allting gick igenom *Far* och *Mor*, varje val om nya barn som togs in eller vilka sysslor alla skulle göra, bestraffningarna som delades ut, allt gick genom dem.

Via manipulation och våld, både psykiskt men även fysiskt, fick de sin vilja igenom. Det *Far* eller *Mor* beordrade det utfördes.

När Elin föddes, 1998, var kulten i full gång. Huset var alltid fullt med folk och till en början var allting som en vanlig familj. Inga av barnen kände till varandras bakgrunder eller historia, några kom dit precis efter födseln och andra som fem-eller sexåringar. De vuxna på gården ansågs som äldre barn eller storasyskon även om de var i 30-årsåldern eller äldre och såvitt Elin visste så var *Mor* och *Far* allas föräldrar. Ingen hade någon gång nämnt vem hennes riktiga mamma eller pappa var men på gården blev alla *Far* och *Mors* barn.

Elin och de andra barnen hjälpte till runt huset med fåren, grisarna, korna och hönsen. Vissa barn lärde sig bygga på och renovera huset eller ladugården, andra barn lärde sig slakta djur och matade resten av familjen. Vissa barn var ute på åkrarna och skördade, samlade hö och andra barn sattes i arbete i pysselrummet där de gjorde halsband och armband av material de fick. Alla hade sina uppgifter och Elins uppgift var att mjölka kor, mata djuren, samla ägg, hjälpa föda fram kalvar, kultingar, killingar och lamm. *Mor* och *Far* såg Elin som en moderlig själ, en som skulle formas till en ledare inom familjen när *Mor* dör och Elin tyckte alltid att det var kul att få hjälpa till och ta hand om djuren och de andra barnen, hon fick glädje av att hjälpa till.

Elins första introduktion till familjens hemlighet hände när Elin var åtta år och Lisa, en av de vuxna, tog med henne på en ceremoni nere i källaren och lät henne kolla på. Lisa höll Elin i handen ner för trapporna till källaren och gick fram till *Fars* stora vitrinskåp som även agerade bokhylla. Lisa tog bort två böcker som liknade bibliska skrifter, två tjocka böcker som gömde ett tjockt metallhandtag bakom sig.

Lisa drog i handtaget med mycket kraft och till slut öppnades dörren. Hon tände ficklampan som Elin höll i handen och med hjälp av den gick de in i en svagt belyst tunnel i cirka 100 meter framåt. Elin var rädd och tunneln var kall, tillslut ledde Lisa in henne till ett öppet ovalt rum fullt av otända stearinljus på väggarna, röda gardiner, ett litet altare med ett podium längst fram samt ett bord i mitten. Medan Lisa tände ljusen på altaret och på väggarna tvättade Elin av bordet i mitten av rummet, de såg till att rummet var redo. Elin la märke till en symbol på golvet under bordet, inristad i stengolvet, en cirkel med en femhörning inuti sig och ett gethuvud i femhörningen.

En väldigt konstig symbol som hon hjälpte Lisa damma av när de sopade golvet, Lisa sa att det är familjens symbol och att den betyder evig lycka och kärlek.

När de städade klart hämtade Lisa en låda som hon satte ner på altaret och förbjöd Elin att öppna den, *»annars blir Mor arg«*, säger hon. Till en början såg sig Elin inte riktigt omkring i rummet men när hon gick runt ensam i tystnat och rättade till gardinerna blev hon skrämd av en stor svart staty som stod upp bakom en av gardinerna. Statyn, även den, hade ett gethuvud istället för ett riktigt huvud, precis som den på golvet. Statyn hade högra handen i luften med två ihopsatta fingrar som pekade uppåt samtidigt som den kollade ner på Elin, som om den övervakade hela rummet. Elin kände hur den stirrade på henne och i panik skrek hon till och sprang bort från statyn till andra sidan bordet. Lisa skrattade och försäkrade henne om att det inte var något att oroa sig över, även den svarta djävulen beskyddar familjen och ser över dem med lycka och kärlek, precis som den på golvet.

När de var klara med rummet meddelade Lisa *Mor* att allting var förberett och redo, Lisa tog Elin och ställde sig i ett hörn medan 13 personer steg in i rummet. Iklädda i svarta rockar med huvor över huvudet, de ställde sig i en halvcirkel runt bordet som om de redan hade bestämda platser. Elin kände inte igen alla då det var svårt att se under huvorna, men de hon kände igen var *Far, Mor,* läkaren som besökt hemmet ofta och Lars som var en av de vuxna i huset som hjälpte till med djuren. De andra var främlingar för Elin. När alla stod tysta i cirkeln steg prästen in, iklädd en mörkröd kappa och efter honom steg en främmande man in, någon Elin aldrig sett innan men han såg rädd ut. Prästen ställde sig vid podiet och hade översyn över cirkeln där han såg ner mot dem med utsträckta armar för att välkomna dem.

Den främmande mannen stod tyst utanför cirkeln och såg sig omkring i det stora kalla ovala rummet, överväldigad av statyn som kollade ner på honom samt den mörka stämningen. *Far* bad honom, med en tyst röst, att ställa sig i mitten och ta av sig sin skjorta medan prästen bad några verser högt på ett språk Elin aldrig hört innan. *Far* skar i mannens rygg och lät blodet rinna ner, mannen höll tillbaka skriket och *Far* skrev något på hans rygg med blodet. Elin stod i hörnet och iakttog allt.

Far gick tillbaka till sin plats i ringen och prästen kom ner från podiet och ställde sig i mitten av ringen. Prästen tände ett ljus och hällde het stearin i mannens sår samtidigt som han bad högt och de i ringen bad i tystnad. Mannen föll ner på sina knän men två av de vuxna steg in och hjälpte honom stå på benen, de höll fast honom medan prästen fortsatte hälla i mer stearin och be högt. Mannen stod vänd mot den svarta djävulsstatyn med tårar i ögonen och smärta i ansiktet. När bönen avslutades och prästen var klar satt mannen på golvet på sina knän och grät. Prästen öppnade lugnt den hemliga lådan under podiet och tog ut en form av pipa som alla fick röka ur. Pipan passerade runt i ringen och rummet fylldes av rök, tillslut fick mannen pipan och när han tog ett bloss var ritualen klar. Elin förstod inte vad som hände men det såg

häftigt ut, något stort hade hon bevittnat och det visste hon. Tillslut
när allt var klart och alla hade lämnat rummet hjälpte hon Lisa med
att städa upp allt.

Elin såg mannen på gården efter den kvällen och enligt Lisa var han
en del av familjen nu, han hjälpte till med sjuka djur och blev familjens
veterinär.

Det blev allt konstigare och konstigare på gården, efter hennes första
ceremoni frågade hon Lisa om allt som pågick runt om, vissa saker fick
hon en liten förklaring på, såsom att det hänger uppochnedvända kort
över dörrarna och att de symboliserar kärlek och lycka precis som geten
i källaren. Lisa förklarade att de folk som kom och gick fick hjälp av *Far*
och *Mor*, de har problem i sina liv och accepteras in till familjen för att
få hjälp och bli räddade. Många åkte vidare och spred deras budskap
vidare i landet, det var så de fick pengar. Män som hörde om *Mor* och
Fars gård runtom i landet och tog sig ner till dem för att få ta del av allt
som erbjöds i utbyte mot betalning.

– Allt som pågår här och som du ser är bara till för att hjälpa oss, sa
   Lisa. Kom ihåg det Elin, *Mor* och *Far* skapade denna familjen för att
   hjälpa folk i deras värsta stunder.
– Typ som hjältar eller läkare? frågar Elin
– Precis så, vi ska vara glada och tacksamma att de låter oss vara här
   och att de vill hjälpa oss gratis.

Elin märkte att tjockare kvinnor som mådde dåligt besökte läkaren i
källaren och med hjälp av *Mor* och *Far* blev de bättre. Unga tjejer kunde
komma dit, vissa drogs ner till källaren skrikande men de kom alla ut
gråtande och räddade, som Lisa förklarade.

Elin var för liten för att förstå exakt vad som pågick men något var
annorlunda.

Varje gång något konstigt hände och Elin följde med Lisa för att städa
upp så sjöng alltid Lisa lite tyst på en melodi, samma melodi varje gång.
Lika glatt hela tiden men hon frågade aldrig vilken låt det var men den
var fin, det var nog bara något Lisa kommit på, tänkte Elin. Senare un-

der skolåren lärde sig Elin att låten hette »*Himlen är oskyldigt blå*« och sångaren hette Ted Gärdestad, en man med sina egna problem men som underhöll landet trots sitt inre mörker. Det tyckte Elin var fascinerande och spännande, hon kunde känna igen sig i det och kopplade hans mörker till de spännande hemligheterna på gården. Det kändes som att de levde i en av hans låtar, något glatt bland allt mörker och djävulsdyrkande. När Elin frågade Lisa varför den låten var så speciell för henne sa Lisa att det är en låt *Mor* alltid sjöng på ibland när hon var på glatt humör, speciellt när våren var på väg. Lisa sjöng den i vuxen ålder för att lättare bearbeta allt arbete och slit hon fick göra och att nynna på en lugn melodi hjälpte henne. När påsken kom och det var dags för den traditionella vår-offringen, för att välkomna in våren hörde Elin hur *Mor* för första gången nynnade på låten.

»*Himlen är oskyldigt blå, som ögon när barnen är små*«, sjöng hon harmoniskt med en mjuk röst.

Som tioåring fick Elin vara med på ceremonier relativt ofta, hon hjälpte till med förberedelserna och tyckte det var spännande, det som pågick, även om hon kände sig yr och annorlunda när rummet fylldes av rök. Den fick henne att känna sig lätt och väldigt glad, Elin kunde fantisera om att få vara med på ceremonier bara för att få känna lugnet från röken. Vissa kvällar kunde hon ligga sömnlös och må lite illa, speciellt om hon inte fått vara med på någon ceremoni på ett tag. Ibland kunde det gå en månad mellan dem och Elin kände illamåendet och ilskan i kroppen smyga fram under den perioden. Det lugnade sig dock så fort hon andades in röken i rummet, allt var frid och fröjd då. Men en kväll var det inte så spännande längre, det var just på påsken då Elin njöt av röken och allt kändes lugnt i kroppen, drogs det in i en främmande man i rummet och placerades på bordet. Alla i cirkeln bad och prästen gick fram till mannen, skar upp hans mage medan han bad, tog en näve av hans blod och sörplade in det i munnen innan han spottade ut det på folket i ringen. Det gjorde han flera gånger tills alla i cirkeln fått blod på sig samtidigt som de bad högt. Elin kunde inte sluta tänka på hur högt mannen skrek, han var fastbunden på bordet och skrek som en stucken gris. Hon förstod att det var något väldigt seriöst som pågick, något annorlunda, de bad åt den svarta djävulen och det såg ut som de erbjöd mannens blod till djävulen, han var som en gåva till djävulen. Efter den kvällen hade Elin svårt att somna i flera veckor. Blodet och skriken höll henne vaken om nätterna och om hon väl somnade vaknade hon upp kallsvettig. Hon sa inget till någon annan om att hon hade mardrömmar, hon var rädd att de kanske skulle göra samma sak mot henne om hon ifrågasatte eller visade sig vara svag. De har trots allt gett henne tilliten att få vara med och hjälpa till, det kan hon inte svika.

En solig dag i juli byggdes det ett litet skjul på gården, som ett utedass men utan toa eller fönster, bara en stående trälåda. Inte mycket mer än en halv meter i längd på varje sida, knapp så man kunde sitta ner. Det tog inte lång tid innan Elin och de andra barnen fick reda på vad den var till för. *Mor* hade beordrat att ett av barnen ställs i lådan som bestraffning och inte nog med att det var en varm julidag och pojken tvingades stå där i värmen i timmar i en trång låda utan syre, men de hällde även in en hink med jord full av maskar, kackerlackor och andra kryp för att plåga honom lite extra. Han skrek av rädsla tills han tillslut svimmade av utmattning och syrebrist.

Detta pågick flera gånger och varje gång var det Elin som fick hjälpa honom ut, trösta honom och senare städa skjulet. Alla barnen fruktade lådan och gjorde allt de kunde för att undvika den, men det hände ofta att någon sattes i den för de vuxnas underhållning. Efter ett sådant straff var man inte densamma, många skrek så de tappade rösten, vissa slutade prata helt för att undvika bestraffning. De fyra barnen som gick i skolan vågade inte prata alls, varken med andra elever eller med lärarna, de pratade bara med varandra då de var rädda att bli bestraffade. Råka nämna något om allt som pågick där hemma och sedan bli bestraffade om de kom ut till *Mor* och *Far*. Skolan fick skicka hem några av barnen för de vägrade prata och då blev det hemundervisning och det var inte den mest pedagogiska undervisningen.

Med åren började *Mor* hata barn och blev en arg person, *Far* var snälllare men mer manipulativ. Elin kunde ibland undra varför inte flera av barnen gick i skolan, av nio barn var det bara fyra som gick och de andra var hemma på gården. Vissa barn som inte gick i skolan flyttade och kom aldrig mer tillbaka, men bara de som inte gick i skolan. Elin och de andra barnen kunde vakna upp en morgon och då var de ett barn färre, men det dröjde inte länge innan det kom ett nytt barn.

Pojken som ofta blev bestraffad lärdes upp av Lars, precis som Lisa lärde upp Elin vad som skulle göras innan och efter ceremonierna, så lärde Lars upp vissa pojkar att ta hand om boskapen när det kom till slakt och liknande. De fick ibland kolla på när Lars tog hand om de döda kropparna som offrats i källaren. Efter några timmar kom de ut blodiga med sopsäckarna fulla. Elin brukade föreställa sig vad de gjorde där inne men hon ville inte fråga.

När Elin var 12 fick hon sin första mens och det var då det riktiga helvetet började. Hon ansågs nu vara en vuxen kvinna som de kan ha nytta av på andra sätt än tidigare, nu var det inte bara att hon skulle förbereda och städa undan på ceremonier eller ritualer, hon tvingades nu att delta ibland. Hon hade tidigare inte förstått varför vissa barn kom och gick eller varför de äldre barnen alltid såg ledsna ut och hade döda blickar, men hon förstod snabbt varför.

När den första mensen kom fördes hon ner till rummet i källaren bakom bokhyllan, hon lades på bordet med tvång och senare kom prästen in. Elin trodde först hon skulle dödas, hon bad till alla gudar hon visste om, vilket mestadels bara var Lucifer, att hon inte skulle dö. Men när prästen drog av sig byxorna och började penetrera henne önskade hon att han hade dödat henne. Det gjorde ont och hon grät, alla runt om henne bad i cirkeln och hon ville bara därifrån, hon ville dö.

När det var klart bad prästen en bön och rummet tömdes, Lisa släppte lös Elin och förde henne tillbaka till hennes rum. Lisa visade inget tecken på sorg eller ånger över vad som hade skett, för det *Mor* och *Far* gjorde var bäst för huset och det var för att hjälpa henne, men Elin kände sig förrådd.

Detta pågick flera gånger där Elin och de äldre tjejerna samt pojkarna tvingades in i rummet där de vuxna hade sex med varandra och främmande män som Elin aldrig sett innan, de turades om att ha sex och tortera henne och de andra barnen.

Hon förstod nu också att de barnen som fördes bort lite då och då såldes som sexslavar till rika män. Rika män med sjuka fetischer och som då vänder sig till familjen Dahlén för att få en ung pojke eller flicka i 12 års-åldern som de kan sexuellt utnyttja utan dåligt samvete, för de har betalat bra pengar för dem och barnen är med på det, enligt dem. Ibland, som bestraffning, drogs ett barn in i ladugården och bands fast i ett liggbås för kor där han eller hon fick stå naken ett tag i väntan på sitt straff. När de stod fastbundna kunde de vuxna göra vad de ville med dem, många blev oftast piskade över ryggen tills de var täckta med sår och blod, pisk-ningarna kunde oftast komma i samband med sex. Barnen blev utsatta för övergrepp som straff väldigt ofta och Elin hörde ofta skrik därifrån när hon tog hand om djuren. Tidigare hade hon inte hört något då de flesta av barnen antingen var i hennes ålder och inte hade utsatts för något, eller så hade de vuxna hållit henne borta från sådant när de visste att det skulle pågå. Nu när hon ansågs vara vuxen spelade det ingen roll, hon fick ta del av det vare sig hon ville eller inte och det var fullt normalt för dem.

Det hände också att Elin själv blev indragen in i ladan, dragen i håret skrikande och gråtandes bands hon fast och blev våldtagen och pis-kad av en främmande man som betalat bra pengar, det pågick tills han kände sig klar och Elin hade lärt sig sin läxa.

Allt får som drogs av barnen tvättades och togs med till pysselrummet där de yngre barnen gjorde armband av dem. Lisa upprepade alltid att *Mor* och *Far* skapade denna familjen för Lucifer och allt som pågick är bra saker för att föra dem närmare till honom. Elin ska inte vara rädd för vad hon får vara med om eller ser, hon ska vara tacksam och allting har sitt syfte.

Även om Elin och de andra barnen avskydde sakerna de fick genom-lida så trodde de ändå på ett bra ändamål, att en vacker dag få bevisa sin tillit till familjen på ett sätt. Det de går igenom och offrar nu får de tillbaka i form av bättre sysslor, mer makt och arbetsuppgifter så de kan styra huset och gården någon dag.

Men någonstans i bakhuvudet kunde Elin inte sluta tänka att bestraffningarna utfördes mer som en njutning för de vuxna än som ett straff för barnen.

Far hade sex med flera av flickorna samt pojkarna, många inte äldre än 14. Det var hemskt, de skrek av smärta och rädsla, vissa av dem låg stilla och tysta, tog det bara och bad om att det skulle ta slut snabbt. Elin fick ofta ögonkontakt med några av dem när hon antingen själv blev sexuellt utnyttjad av någon man eller när hon var med och hjälpte till i ceremonin, hon såg många tårar rinna ner för kinderna.

Elin började ana att det var så hon kom till, *Far* hade gjort en av de 14 åriga tjejerna gravid och hon anar att de kan vara Lisa. Men hon vågade inte fråga Lisa.

Hon bevittnade hemmagjorda aborter på några av flickorna, läkaren som bodde med dem utförde dem utan någon medicin eller bedövning, många gånger lät de flickorna föda ett barn som de sedan offrade till djävulen. Det var hemskt men Elin kunde inte göra något. Många av tjejerna tog livet av sig på sina rum efter att något sådant hänt, att se ens egna barn tas ifrån sig och mördas på altaret och deras blod sprutas på djävulens staty medan de ligger på bordet och kan inget göra.

Lars och hans lärjunge som gick med honom fick släppa loss tjejerna från taket där de hade hängt sig och tog med dem in till sitt arbetsrum där de metodiskt och harmoniskt sågade tjejerna till mindre bitar och stoppade in dem i sopsäckar, sen nämns det inget mer om dem. Familjen välkomnade alltid in nytt folk med sina ritualer och barn välkomnades med öppna armar, vissa tillkom med de nya vuxna som, beroende på ålder, introducerades snabbt till kulturen på gården.

När Elin var 14 hade hon hunnit bli gravid fyra gånger av fyra olika män, tre av dem hade hon sett komma och gå på gården och den fjärde mannen var ingen mindre än *Far* han själv, som även valde att behålla barnet. Två av barnen gjorde de abort på och det gjorde ont i Elin att se vad som kom ut ur henne och veta att det kunde varit ett hälsosamt och lyckligt barn som hade kunnat leva med henne på gården. Det tredje barnet födde hon men precis som många andra av de nyfödda spädbarnen tog prästen det och offrade till djävulen.

Dödade den framför Elin och spottade ut blod på statyn och bad.

Den kvällen grät Elin hela natten, det var hennes tredje graviditet och hon hade tidigare inte sett hennes barn vid liv som denna gången, barnet andas och hon såg den i ögonen innan den fördes bort, det kändes hemskt.

Hon såg allting hända framför henne och det kändes som en del av hennes hjärta och själ dödades. När väl det fjärde barnet kom, en liten flicka som *Far* beslutade att behålla, var Elin så avtrubbad av verkligheten att hon inte alls kände någon kärlek till barnet hon fött. Under födseln hade *Mor* och de andra offrat en tjej för att bringa lycka och kärlek till det nya barnet, *Fars* speciella barn. Den händelsen var droppen för Elin. Hon tyckte mest synd om sin nya dotter som behövde växa upp på en så hemsk plats, men det övergick snabbt till ett hat, hat mot henne och ett hat mot alla de vuxna, speciellt de manliga vuxna som gjorde vad de ville, ostraffat.

Till en början under graviditeterna gick Elin kvar i skolan och allting var frid och fröjd utåt, men när de började synas på magen blev allt verklighet, hon blev allt mer rädd för att föda barnet och tankarna om att det är *Fars* barn fick henne att må dåligt.

Elin utåtagerande mot lärarna och andra elever, hon blev aggressiv och inte alls den lugna, glada Elin hon var tidigare. Hon var ju trots allt bara en rädd gravid 14-åring som sett vad som händer med nyfödda bebisar på gården, men hon kunde inte säga något till lärarna för de visste säkert vad som pågick, Elin kunde inte lita på någon. Hon drogs ur Vislandaskolan för att gå i skolan hemma.

2013 fyllde Elin 15 år och hade fått nog, hon har insett att *Familjen Dahlén* skapades för att *Far* och *Mor* skulle agera ut sina mörkaste luster i form av tortyr, misshandel och sexuellt utnyttjande av barn. Allt detskulle hon sätta stopp för.

Det hade formats till en ond pedofilcirkel där alla var hjärntvättade till att delta och lyda order, vissa gillade det och de som var emot blev dödade eller mentalt torterade till att gilla det. Men Elin skulle bort och lämna allt som påminde henne om hemskheterna bakom sig. Hon var äntligen stark nog att kunna överrumpla de vuxna och hade övertalat Abel, den person hon var med bekväm med, till att hjälpa henne. Elin frågade även Edith, en annan flicka hon ständigt såg nere i källaren, till att följa med henne, vilket inte alls var svårt. Tillsammans kommer de på en plan och Abel snodde en mindre slaktkniv från Lars verktygslåda, de smög sedan från rum till rum där de tyst och långsamt skar halspulsådern på alla de vuxna. Lars kämpade emot men då blev han attackerad av knivhugg över hela kroppen och fick en kudde över ansiktet som kvävde honom och som dämpade hans skrik.

Tillslut var det bara *Mor* och *Far* kvar. De väcktes i mitt i natten av lampor som tänds och hysteri, Elin skrek att någon har tagit sig ner i källaren med hon visste inte vem det var. Både *Mor* och *Far* sprang ner där de möttes av Abel och Edith som var beredda med rep. Fastbundna på bordet låg de nu för att få igen för allt de gjort. Elin hade snappat upp bönen som utfördes under ceremonier och skrek den nu högt av glädje medan hon skar upp *Fars* mage sakta medan han skrek av smärta. *Mor* bad om förlåtelse men det var bara förgäves.

Något vaknade till i Elin, hon njöt av varje knivhugg och kände sig exalterad, pulsen var hög och adrenalinkicken hade slagit in, hon var inte längre en åskådare i allting, nu fick hon ta rollen hon omedvetet alltid velat ha, husets ledare.

För varje skrik och knivdrag blev hon lite kåtare, det gjorde henne rädd men också varm i kroppen. Elin förstod nu varför de vuxna deltog i ceremonierna, hon gick in nära deras munnar för att höra dem kämpa efter luft och be för förlåtelse när hon styckade upp dem, hon blev tillslut så kåt att hon sakta började smeka sig själv medan de såg på när *Mor* och *Far* sakta dog. Elin tog en näve med blod, tog sig en sup och spottade ut det på den svarta djävulen innan de lämnade Vislanda.

Alla barnen friades från sina låsta rum och samlades ute på gården medan Elin ringde polisen och ljög ihop en lögn om vad som hänt. När de stod där ute på ängen mitt i natten under en öppen himmel nynnade hon på »*Himlen är oskyldigt blå*« för att testa Lisas teori.

Den fyllde Elin med glädje, men någon tröst behövde hon inte, hon var stolt över vad hon hade gjort.

– *Att regndroppar faller, som tårarna gör, det rår inte stjärnorna för*«.

5

FÖRSVUNNEN

En och en halv vecka efter klassfesten har ingen varken sett eller hört ifrån Arvid. Niklas, som är hans närmsta vän, har ringt honom flera gånger, kontaktat hans föräldrar som i sin tur kontaktat polisen, ingen har hört av honom.

Arvid har inte varit inne på sociala medier eller spelat med grabbarna som han vanligtvis gör nästan varje kväll.

Klassen antar för det mesta att han hoppat av utbildningen som många andra gör, många utan någon förvarning, men Niklas och Karl tycker att det är väldigt skumt.

Arvid är inte den personen som försvinner utan att höra av sig, han är väldigt social av sig. Maja, Karl och Hanna har två timmar till nästa föreläsning och beslutar sig för att gå hem till Hanna för att hänga och laga något tillsammans.

Hanna har en mindre tvåa på campus, en liten hall, toa till vänster, ett vardagsrum som nästan är tillkopplat med köket och sedan ett separat sovrum. Hon står i köket och lagar korvstroganoff medan Maja sitter vid ett litet köksbord och Karl sitter i soffan med telefonen.

– Vad säger Niklas då? frågar Maja och öppnar upp sin laptop.

– Inte mycket, svarar Karl. Han har kontaktat Arvids föräldrar, ledningen på skolan är inblandade vad jag vet, för han har inte avslutat sina studier så de vill nog veta ekonomiskt vad som händer, antar jag.

– Polisen då? frågar Hanna

– De är nog kontaktade skulle jag tro, Missing People också.

– Borde inte vi vara med dem och leta? tillägger Maja.

– Det borde vi absolut vara, tycker Hanna. Vilka dagar och tider letar de?

– Ingen aning, jag kan kolla med Niklas. Om de ens har börjat leta, det kanske måste gå en viss tid innan han klassas som försvunnen, jag får kolla upp det.

– Det har ju gått två veckor snart, klart de letar. Men vi kan väl göra någonting under tiden? fortsätter Hanna.

– Vi kan... göra en »försvunnen-bild« och lägga upp på facebook och instagram? säger Maja och börjar leta efter en bra bild på Arvid.

– Tänk om han inte är försvunnen då? Säger Karl fundersamt. Han kanske bara är på en resa någonstans?

– Seriöst? suckar Maja. Han har varit helt borta i snart två veckor, ingen vet vart han är, hans föräldrar och antagligen polisen letar efter honom, klart han är försvunnen.

– Ja, jag vill bara inte skapa större problem och överdriva hela situationen, säger Karl.

– Nej, jag förstår dig men hade han varit borta i tre dagar eller så, då hade det varit en överdrift att lägga ut bild och skriva att han är försvunnen, men nu har det ändå gått ganska lång tid tycker jag. säger Maja och kollar på Hanna för bekräftelse.

Hanna nickar tillbaka instämmande och kollar på Karl.

– Okej, skapa en liten annons eller vad det är så kan vi lägga upp och be folk dela, skadar inte att hjälpa, I guess.

Det blir tyst en liten stund medan Maja fixar med bilden, Hanna lagar mat och Karl kollar med Niklas och flashback om mer info.

Karl kollar upp från telefonen med lite glädje i rösten.

– Niklas säger att polisen antagligen spårar Arvids telefon för att se vart han har rört sig, vet inte hur lång processen är, dock. Flashback ger olika svar beroende på om de har hans telefon i förvar eller om den också är försvunnen..

– Åhfan, svarar Maja. Härligt ju, förhoppningsvis hittar de honom snabbare då ju, förhoppningsvis inte död i en skog någonstans.

Karl ger henne en dömande blick.

– Vad? Man vet aldrig, säger hon. Han kanske gick hem full och gick vilse.

Maja dukar bordet så Hanna kan hälla på maten på tallrikarna, de sätter sig ner vid bordet och börjar äta, Karl sitter fortfarande med telefonen och skriver med Niklas.

– Niklas säger att Arvid lämnade festen för att träffa en tjej han matchade med på Tinder.

Hannas ögon vidgas och händerna börjar flaxa men hon kan inte prata då hon precis tagit en tugga, Maja och Karl väntar förvånat och ivrigt på vad Hanna ska säga.

– Un-isae-il-o-ene.

– Svälj först för det där var fan inte ord, små-skrattar Karl.

– Han visade väl bilder på henne? Minns ni? lyckas Hanna få fram.

Varken Karl eller Maja minns att Arvid visade bilder på någon tjej från Tinder.

– Hon blonda, fortsätter Hanna. Väldigt sminkad, typ nakenbilder i sängen med neonlampor.

– Jaa! Juste. Maja hoppar till. Jag minns att alla killar var så jävla kåta på henne.

– Precis.

– Så vadå, tror ni att han försvann efter dejten? frågar Karl.

– Eller under dejten, säger Hanna.

De sitter alla och leker med tanken.

– Det är inte omöjligt, säger Karl.

– Men det är även väldigt osannolikt, tillägger Maja. Vi får vänta och se vad polisen säger. Under tiden delar vi bilden på Arvid och hoppas att han dyker upp.

****

Karl loggar in på discord för att spela Call of Duty med Niklas och deras vän Edvin, tillsammans med andra människor online. Efter en stund öppnar Karl upp för samtal om Arvid.

– Kommer ni ihåg att Arvid visade en bild på en tjej han matchade med? När vi hade fest?

– Ja, hon var ganska snygg, svarar Edvin.

– Minns du vad hon hette?

– Ingen aning, tyvärr. Lina, Lisa, Isabell kanske. Något med »L« eller »I« vet jag. säger Edvin med fokus på spelet.

– Varför undrar du? frågar Niklas.

– Tänkte bara på det du skrev idag, att han gick på dejt efter festen och inte setts sen dess. Kanske att tjejen gjort något med honom? svarar Karl.

– Ja, kanske, säger Niklas fundersamt. Hade inte förvånat mig alls om Arvid gick hem till en sån sjuk tjej och hon knullade honom i röven tills han dog, han är ett litet freak...

De skrattar lite men inser allvaret i Arvids försvinnande och blir tysta, men efter en stund bryter Edvin tystnaden.

– Jag vill bara säga att jag inte tror att han dött av en stor strap-on i röven.

– Nej, fnissar Niklas. Förlåt, inte jag heller, jag bara lekte med idén.

– Förstår det, hade varit sjukt. Men väldigt intressant ändå.

– Absolut, svarar Edvin och Niklas.

– Vi får hålla ögonen öppna på tinder om vi ser någon sjuk tjej, skämtar Edvin.

De skrattar instämmande och fortsätter spela sent in på natten.

****

När Karl gick hem från Hanna valde tjejerna att ha en välförtjänt tjejkväll hos Hanna med mat, vin, film och skvaller. De pratade om Karl och hur situationen är mellan Maja och honom, men Maja är inte positiv över det hela.

– Har han visat intresse? frågar Hanna.

– Nej verkligen inte, han vet inte ens att jag gillar honom. Det stannar mellan oss, okej? Det är bara jag som fantiserar.

– Absolut, det stannar mellan oss, jag lovar.

De sitter i Hannas soffa insvepta i varsin filt och äter choklad och en massa annat samtidigt som de dricker vin. Hela lägenheten är mörk och mysig, de enda ljuskällorna är från tvn och en lampa på fönsterbrädan, doftljus på tv bänken som får lägenheten att dofta fruktigt.

– Jag vet inte hur, eller om, jag ska berätta för honom, fortsätter Maja. Jag har föreslagit att vi ska umgås men han vill bara umgås om det är annat folk med.

– Varför är killar så? Varför vågar de inte bara ses och umgås själva, är de rädda för något? suckar Hanna.

– Ellerhur! Mesar, jag bits inte.

– Eller? skämtar Hanna och ler.

– Kanske lite bara om han vill, lite hårt sex hade inte varit fel. säger Maja och tar en klunk vin.

– Jag dömer inte, önskar att någon ville binda fast mig lite kanske, skämtar Hanna.

– Bara lite, inte binda så hårt.

– Precis, och sen leka lite med mig.

– Åh, nu snackar vi. Varför kan Karl inte bara göra det med mig, suckar Maja och skrattar.

De skrattar åt sina dumma fantasier och skär upp pizzan de beställt i flera bitar.

– Nej, men jag får väl berätta för honom snart kanske, vi får se hur det går.

– Stressa det inte, då blir det bara stelt, låt det flyta på naturligt. Lägg flera hints och flörta lite mer, visa att du är intresserad. Du kan ju alltid gå på en dejt under tiden? För att tänka på annat liksom, få dig ett knull, skämtar Hanna.

– Hmm, vi får se. Känns konstigt och elakt mot Karl.

– Ni är ju inte tillsammans? Gör det, men fortsätt visa intresse för Karl.

– Vi får se.

Maja nickar tyst och tar en pizza slice innan de fortsätter med »försvunnen-bilden« på Arvid de lägger ut.

HJÄLP!!

Arvid Josefsson, 24 år. Försvunnen!! Såg senast på fest den 16:e januari 2019.

Har ni sett honom?

Meddela Polisen!!

Kort och konkret information, Maja ville skriva sitt privata nummer längst ner men Karl var tveksam över om hon fick göra det. »*Bättre att skriva att de kontaktar polisen och låta de lösa det*«.

Morgonen därpå, tisdagen, har bilden på Arvid spridit sig mer än vad de förväntat sig, deras vänner har delat den, nationer och föreningar har delat den och under dagen hoppas de att den sprids ut över hela växjö.

Maja och Hanna klär på sig efter frukosten och rör sig på skolan för lektion kl 10.15.

När de närmar sig huvudbyggnaden blir Hanna smått nervös efter att hon slängt ett öga mot biblioteket.

– Är det han? frågar hon Maja tyst och klämmer hennes arm.

– Vem?

Maja vänder sig om och kollar på biblioteket, vid cykelstället rör sig den stora läskiga killen som de pratat om och skämtat om. Han går från den stora statyn av en vit trumpet som står på campus och cykelstället framför biblioteksgången.

– Vad är det med honom? frågar Maja.

– Det ser ut som att han letar efter någon, fortsätter Hanna. Eller väntar på någon.

Precis då kollar han åt deras håll och blicken fastnar på dem, den kalla döda blicken stirrar igenom dem och får Hanna att rysa.

De kollar tillbaka och Maja kan inte ta blicken ifrån honom, han kollar på henne och hans ansiktsuttryck förändras inte, huvudet går på snedden som en hund och käken spänner.

– Han ser ledsen ut, säger Maja.

– Varför kollar han mot oss? Sluta kolla på honom!

– Ojdå, säger Maja och kollar bort.

Hanna drar snabbt in Maja till huvudbyggnaden av skräck för att slippa se honom igen men hans kalla blick bränner i nacken på dem.

6

SUCCUBA

Onsdag eftermiddag firar Edvin och några vänner att det äntligen är lill-lördag med en spelkväll, med både tv-spel och drinklekar. De turas om att möta varandra i Fifa och NHL samtidigt som de häller i sig öl efter öl, vissa spelar beerpong och andra sitter bara i soffan och pratar, eller hetsar varandra under spelets gång.

När det inte är Edvins tur att spela sitter han i soffan och Tindrar, han swipear höger på majoriteten av tjejerna men får knappt någon matchning, två-tre stycken får han tillslut och det räcker tycker han. Han märker att det blir svårt att hålla igång konversationer samtidigt som han blir fullare och fullare, blandar ihop tjejer och skriver kåta meddelanden som skrämmer en av dem.

I fyllans dimma matchar Edvin med en blond tjej han tycker ser bekant ut, lite anime/cosplay-intresserad tjej med provokativa bilder, mycket smink och halvnakna bilder. Hennes namn är Elin och bion på hennes profil lyder: *Energisk och glad tjej, gillar dominanta män som sätter mig på plats och kan ta mig hela natten. Anime och rollspel är ett stort intresse, speciellt i sovrummet«.*

Edvin gillar att Elins bio är så framåt och grov, rakt på sak, en av bilderna är på en vägg med sexleksaker hängande. Gagballs, piskor, handklovar, dildos och liknande, som lockar fram Edvins kåthet, han är såld på henne.

Elin öppnar upp samtalet med *»Hej snygging«* och en pussmun.

Bara tanken av att en sån snygg tjej skriver så framåt till Edvin och med de bilderna gör honom adrenalinfylld, blodet rusar lite överallt i kroppen. Edvin har inte alltid haft tur med tjejerna, han är en ganska smal och omanlig person, 19 år men ser ut som 15. Och det gör inte direkt tjejerna så kåta. Även om han är i lagom längd så gör hans lena ansikte honom inte någon tjänst. Konversationen fortsätter och Elin vill att han ska komma hem till henne senare på kvällen men Edvin kan knappt se skärmen om han inte stänger ena ögat och verkligen fokuserar. På något sätt, mellan stavfel och missförstånd lyckas han få fram att de kan ses torsdag kväll vid 19.00-tiden. Elin svarar att hon glatt ser fram emot det och ger honom sin snapchat där hon kan skicka sin adress och mer nakenbilder för att locka in honom.

Bilder och konversationer på snapchat raderas efter 24 timmar så Edvin försöker spara så mycket som möjligt för att komma ihåg till dagen efter, även bilden Elin skickat på sig själv i trosor och bar överkropp, den bilden kollar han på lite då och då under kvällens gång.

***

Torsdag eftermiddag rullar fram och Edvin gör sig redo. Han vaknar på morgonen med ett vagt minne av att ha skrivit med Elin men när han går in på Tinder är hennes profil borta, dock ser han bilden från henne på snapchat där hon skriver att hon ser fram emot att träffa honom. Edvin fylls av glädje och blir under resten av dagen, väldigt energisk. Han går till gymmet för att bygga upp lite muskler och varje gång han lyfter en träningstång eller en vikt fantiserar han om hur det är Elin han lyfter och knullar. Han duschar så han luktar gott, trimmar det lilla hår han har på kroppen, fixar håret, packar ner två kondomer med ett leende på läpparna, skulle det bli fler ronder får han köra utan, tänker han. Hela dagen tittar Edvin på bilden Elin skickade och hon skickar nya under dagen som bara får honom att tappa fokus på allt annat han gör. Han fantiserar om hennes vägg med leksaker, vilka han ska använda på henne samt alla positioner han ska sätta henne i. En halvtimme innan de ska ses skickar Elin sin adress, hon skriver även vilken buss som åker till henne om han skulle ta bussen, Edvin packar ner en flaska vin och beger sig.

När han anländer hos Elin möts han utanför av en kille han antar är hennes granne som är på väg ut på en promenad. Grannen är en ung kille, längre och större än Edvin, med en iskall död blick som först stirrar på Edvin men snabbt kollar bort. Edvin får rysningar i kroppen när de går förbi varandra.

I dörren möts Edvin av Elin ståendes i en svart silkes rock som är lite halvt öppen och visar det mesta, hans blick dras direkt mot brösten, inte så stora men de är fina. Elin välkomnar honom in med ett leende och Edvin känner direkt lukten av doftljus samtidigt som det spelas lugn musik i bakgrunden.

Ett varmt och skönt bemötande som får honom att känna sig välkommen samt omhändertagen, han följer efter Elin in till vardagsrummet där de sätter sig i soffan och börjar dricka vin. Hon är mycket lugnare i verkligheten, en intressant och intelligent tjej med djupa tankar men även väldigt mörk humor. En framtida flickvän kanske? Inte de tankarna Edvin gick dit med men han lockades snabbt in i Elins varma charm. De skrattar och dricker vin samtidigt som de diskuterar superhjältefilmer och senare olika realityserier, speciellt människors beteende i dessa program. Både Elin och Edvin tycker att människobeteende är väldigt intressant, likheterna mellan gott och ont, hjältar och skurkar och hur samhället kan förändra en person. Ett samtalsämne som ligger Elin nära hjärtat, mer än vad Edvin anar. Tanken att de ska knulla har lämnat Edvins huvud för längesen och han är mer intresserad av att lära känna Elin.

När vinflaskan tar slut hoppar Elin upp och skuttar glatt till köket.

– Jag ska göra dig en riktigt jävla god drink. Har du druckit Blue Lagoon?

– Oj, oj. Ja, det har jag, väldigt god drink.

Elin sticker ut huvudet ur köket och ger Edvin en blink. Vid detta laget hade han sagt vad som helst för att få tillbaka henne till soffan så de kan prata mer, men en god drink skadar inte. Det dröjer inte lång tid innan Elin kommer skuttandes tillbaka med två stora blåa glas fyllda till toppen. De ser väldigt uppfriskande och goda ut med blandning av mörkblått på toppen och skrikande ljusblått på botten samt massor av is. Elin blandar sin drink och Edvin gör samma för att blanda ihop de två färgerna innan de tar en stor klunk. Så söt och uppfriskande drink har han inte smakat på länge, den gör honom glad i kroppen och redo för en bra kväll.

Samtalsämnet fortsätter med Marvel och DC som huvudämne men Edvin känner snabbt att drinken var starkare än vad han trodde. Plötsligt sluddrar han fram orden, det blir svårare att hålla ögonkontakt och hela kroppen blir avslappnad.

Elin blir allt mer närgången och smeker hans kind långsamt samtidigt som hennes hand rör sig ner mot hans kropp, det är skönt och Edvin blundar och njuter av beröringen. Han hör Elin säga att de ska gå till sovrummet och benen lyfter honom dit utan att han ens tänker på det. Plötsligt ligger han i Elins säng, i hennes rum som är fyllt av neonlampor och vag rockmusik i bakgrunden. Medan hon fnissar och binder fast honom, ger hon Edvin lätta pussar överallt på kroppen.

Väggen på högra sidan av sängen är fylld med leksaker, precis som på bilderna. Edvin ser sig omkring och märker att resten av rummet är ljudisolerat med svarta ljudabsorberande skumskivor på väggarna. Han är relativt klar i huvudet och är medveten om allt som händer men han känner att kroppen inte vill lyda. I ögonvrån ser han genom den halvt öppna dörren att killen han såg utanför förut står i hallen, de får ögonkontakt och Edvin försöker säga något till Elin men orden kommer inte fram.

Då får han smått panik, men Elin fortsätter med de mjuka kyssarna och smeker hans kuk innan hon går och stänger dörren.

Rockmusiken höjs till hög volym, det är Lamb of God, det känner han igen men musiken gör honom obekväm. *Har hon ljudisolering och Metal musik, vad har hon planerat?* tänker han. Elin tar av sig sitt nattlinne och står nu naken framför honom med ett flörtigt leende innan hon går ner på knä och börjar långsamt slicka och suga på Edvins kuk. Edvin njuter väldigt mycket, hon kan sin grej, hon leker och smeker samtidigt som tungan gör sjuka saker, han är i extas. Hon klättrar seduktivt upp på sängen och sätter sig långsamt på Edvins kuk och börjar rida, mitt i njutningen öppnar Edvin ögonen för att bekräfta att han verkligen har sex med en så fantastisk och snygg person som Elin, en varm person som han klickat så bra med, detta kan vara en början på något fantastiskt. När han öppnar ögonen märker han att Elin stirrar på honom, hennes blick är nu kall och som ett rovdjur stirrar hon på honom med hungriga ögon men hon fortsätter att rida.

Plötsligt stannar hon, drar ut kuken ur sig och går av sängen, Edvin undrar vad hon håller på med. Elin går till sin leksaksvägg och tar ner en stor svart dildo som hon tar med tillbaka till sängen. Han grips av panik när han inser vad Elin håller på med, hon sätter sig på sängen mellan hans särade och fastbundna ben. Edvin ser hur hon smeker sig själv mellan benen och gnider in dildon i vätskan från fittan, sedan spottar hon på Edvins rövhål och börjar pilla i det. Han vill skrika men det går inte, han kan inte heller flytta på kroppen för att undvika hennes finger men han känner hur det går in. Hjärtat bultar väldigt snabbt, han svettas och försöker rycka sig fri men det går inte. När Elin drar ut sitt finger vet han vad som väntar och det dröjer inte alls länge innan hans rädsla blir verklighet när han känner något stort och hårt försöka komma in i hans rövhål. Hon kämpar med att få in den och tillslut känner han att något nästan spricker i honom, han har något stort i sig och det känns som om han bajsar men bajskorven bara sitter där. När Elin trycker in den längre vill han skrika, det gör fruktansvärt ont men hon stannar inte, dildon åker längre och längre in i honom och det finns inget han kan göra för att undvika eller stoppa den. Hon drar ut den långsamt och precis innan Edvin känner att hela nästan är ute åker den hårt in igen, hans ögon spärras upp och svetten rinner. Så fortsätter hon i några minuter tills Edvin nästan svimmar av smärta, in och ut, in och ut medan blodet från rövhålet rinner ut.

Elin greppar tag i Edvins kuk och runkar av honom samtidigt som hon kör in och ut dildon, hennes snälla ögon är nu kolsvarta. Han hör hur Elin mumlar något men han hör inte vad det är, varje gång han försöker skrika får han ögonkontakt med Elin och hon verkar njuta av att se hans smärta. Hon slutar i en kort stund och sätter sig åter igen på Edvins kuk, börjar rida honom samtidigt som hon sträcker bak vänsterarmen och kör in dildon i honom igen. Takten ökar, hon rider hårdare och dildon åker in snabbare, hennes mummel blir högre och högre. Hon lägger sig över Edvin och tar tag i något under kudden, innan Edvin hinner reagera känner han hur det sticker till i halsen från vänstra sidan och något förs in. Blodet rinner ut och han kan inte andas, Elin fortsätter rida, han känner hur han vill svälja något men det går inte och inser då att Elin kört in något bakom adamsäpplet på honom. Det både bränner och svider på samma gång, han försöker få luft men blodet och smärtan från halsen kväver honom.

De har ögonkontakt, det syns i Elins ögon att hon njuter av Edvins rädsla och smärta.

***

Senare på kvällen står Abel vid toadörren och kollar på den döda kroppen, en blond och smal kille som han sett på campus innan. Edvin heter han, Abel vet det för han läste det från Elins Tinder. Hon matchade med Edvin dagen innan och meddelade Abel att det skulle bli besök på torsdagskvällen. Nu ligger Edvin död och blodig i badkaret, ihopsjunken som en docka, en kall och livlös docka.

Abel ska såga av hans lemmar och sedan huvudet, för att kunna tömma kroppen på allt blod skär han några sår på ryggen och skär upp magen. Tarmarna lägger han i en påse för sig, innan han tillslut drar ut tänderna sakta, en efter en.

Nu står han bara där i dörren och kollar på Edvin, förbereder sig mentalt för den långa processen som kommer. Bakom sig känner han en energi smyga sig fram, en kort blond tjej iklädd bara trosor sätter sin hand på hans svank och smeker honom sakta. Abel blir lugn och upphetsad, han känner kuken bli hård. Elin är inte jättelång jämfört med Abel och toppen av hennes huvud når precis upp till hans axlar och vid varje beröring drömmer han om att få hålla om hennes lilla kropp, känna hennes värme. Elin lägger sakta armarna runt om Abels midja och pratar tyst och lugnt till honom.

– Hej, ska du hjälpa mig ta hand om honom?

Hon smeker Abels kuk ovanför byxorna sakta och fortsätter viska med en lite halvt bebisröst.

– Ta hand om honom älskling så kan jag ta hand om dig.

Hon drar ner Abels huvud mot sig och ställer sig på tårna. Abels blick släpper inte Edvin men han är väldigt upphetsad. Elin slickar honom långsamt på öronsnibben och sedan hans kind samtidigt som hon smeker hans kuk.

Sedan fnissar hon och går till vardagsrummet för att kolla serier, visslandes på »*Himlen är oskyldigt blå*«, lämnar hon Abel ensam i hallen. Klockan är nästan 23.00 och Abel vet att detta kommer ta hela natten. Fullt medveten om att Elin inte kommer att släppa till det när han är klar, men någonstans inombords känner han att hon snart kommer göra det, om han visar henne vilken bra kille han är som hjälper henne.

Abel går in i toan och börjar skära av armar, ben och huvud som han låter tömmas på blod i badkaret samtidigt som han skär ut inälvor och drar ut tänder.

Varje gång Abel går till köket som ligger mittemot vardagsrummet ser han hur Elin kollar på serier och håller på med Edvins mobiltelefon, raderar bevisen. Ibland möts han av Elins kåta blick som smeker sig själv och fnissar. Någon gång kollar hon upp mot Abel och ger honom ett leende. Bekräftar att han gör ett bra jobb.

När väl Abel har lagt in Edvins kropp i sopsäckar och den stora svarta sportväskan bär han ner den till bilen och kör bort till Alvesta för att bränna kroppen i skogen.

Det tar lång tid att bränna kroppen, när Abel kommer tillbaka är klockan mycket och Elin har redan somnat på soffan. Han kollar på henne en kort stund, hon sover så djupt och fint, som ett harmoniskt barn som fått sin mat och somnat glatt utan oro i huvudet.

7

ALLA HJÄRTANS DAG

– Ska ni göra något speciellt imorgon?
Maja hoppas på att någon av dem vill hitta på något så hon inte behöver
vara ensam ännu en alla hjärtans dag.
– Ska hem till föräldrarna i Kalmar, svarar Hanna. Pappa fyller år så
   jag åker direkt efter lektionen och stannar hela helgen.
– Jag har ingenting planerat. Svarar Karl.
Maja lyser upp, ska hon äntligen få en kväll med Karl, bara hon och Karl?
– Ingen dejt? Tvingar Maja fram lite skämtsamt.
– Nej, ingenting. Det är quiz ikväll på Stallarna om du är sugen?
– J-ja absolut, vi kan ju käka något innan och dricka lite kanske, sen
   dra? Får Maja fram med nervös röst.
– Perfekt. Hos dig eller hos mig?
– Dig?
– Gött, då kan du ju visa vad du lärt dig på baletten.
Karl blinkar retsamt mot Maja, kommentaren tog henne med överrask-
ning, hon hade glömt att hon berättat om baletten för dem.
– Absolut, du får hjälpa mig dock, lyfta upp mig.
– Perfekt, vi kan ju bestämma tid imorgon efter skolan. Kan ju fixa oss
   efteråt och sen kan du komma över, tänker jag.
Maja ler och nickar. Äntligen!! En kväll, bara hon och Karl, på alla hjär-
tans dag också. Även om det bara verkar vara en vänskaplig grej så
kan Maja inte hjälpa att känna pirret i magen. Stallarna är inte Majas
favoritklubb på campus men en kväll med Karl tackar hon inte nej till.
Karl går sin väg mot sin byggnad medan Maja och Hanna fortsätter förbi
tennisplanen hem mot »sockerbitarna«. Ett antal byggnader som fått det
smeknamnet efter sitt vita tegel och fyrkantiga mönster.
– Oooh, romantiskt. Hanna ler och ger Maja en flirtig blinkning.

– Käften..

– Tror du det blir något imorgon? fortsätter Hanna.

– Nej för fan, han ser inte mig på det sättet. Bara vänskapligt ju.

– Jasså? »Vi kan *ju käka något innan och dricka lite kanske.«* »*Du kan ju lyfta upp mig*«. Dricka vänskapligt? Vill du kåta upp honom med lite vin kanske?

– Kanske, säger Maja och ler lite smått djävulskt med glimten i ögat.

Hanna ler tillbaka lika djävulskt, de brister ut i skratt och applåderar Majas mod.

– Men ta det bara lugn, tvinga inte fram något. Om ni knullar så ringer du mig direkt efter!! Eller skriv!! Jag vill veta allt!!

– Ja, ja, oroar dig inte. Du kan få en bild eller två till och med.

– Oooh! Seriöst?

– Nej! För det lär nog inte hända något.

De skrattar och fortsätter skämta om Karl.

– Ta på dig lite tightare byxor och kanske en crop-top, har du en lite kortare tröja? frågar Hanna

– Ja...det ska jag nog ha, ska se vad jag hittar hemma. Inget för fancy?

– Nej, det är ju inte officiellt en dejt men det skadar ju inte att visa honom lite vad han missar, visa lite skinn, skämtar Hanna

– Ska se vad jag hittar, säger Maja innan de skiljs åt.

***

Elin ligger i soffan i Edvins t-shirt som är två storlekar för stor samtidigt som hon skriver med andra killar på Tinder. Klockan är mycket och lägenheten är kolsvart förutom vardagsrummet som är upplyst av tv som vanligt.

I köket sitter Abel tyst, han limmar ihop tänder och formar nya figurer.

Hon lämnar telefonen på soffan och går in till köket.

– Vill du ha glass?

Abel nickar utan att kolla upp, hon tar ut glassen ur frysen, tar fram chokladsås, bananer och strössel.

– Vet du vilken dag det är idag? frågar Elin medan hon hackar en ba-
nan.

– Nej...

– Lupercalia.

Elin slickar bort banan-rester från kniven och sätter in den i diskma-
skinen. Hon häller ner bananerna i skålen med glassen och öser på
chokladsås.

– Ska vi verkligen fira det? frågar Abel irriterad.

– Varför skulle vi inte det? Vill du ha grädde? frågar Elin och ger Abel
en skål.

Hans tonläge är lågt, han är inte den som höjer rösten men han är irri-
terad och lite rädd.

– Du ville ju avsluta allt sånt med firande, ritualer och offringar sa du
ju.

– Fast de fyra stora högtiderna måste vi ju fira. Lupercalia, Påsk, Mid-
sommar och Halloween. That's it.

Elin kramar Abels huvud och ger honom en snäll puss på pannan.

– Sista dagen av Lupercalia är på fredag så vi firar då och sedan äter vi,
precis som vi gjorde innan, fast bara vi två denna gången.

Hon går tillbaka till vardagsrummet igen och tar upp telefonen.

– Jag ska hitta en uppoffring till på fredag!! säger hon högt.

***

Dagen efter träffas Maja och Karl hemma hos Karl. De dricker vin och
äter tacos som de lagat tillsammans. En fattig students-finmiddag, som
de kallar det.

Tyvärr är stämningen och kvällen förstörd efter att Karl fått upp en
»försvunnen» bild på Edvin på Instagram. Edvin har inte varit delaktig
i deras onlinespel på ett tag men Karl antog bara att han hade fullt upp
med skola eller jobb.

Det var Niklas som gjorde bilden, Karl och han pratade om att Edvin
hade mycket att göra men ingen av dem visste exakt vad.

– Det kan ju inte vara en ren slump att två personer bara försvinner sådär inom loppet av en månad? säger Maja medan hon försöker stänga sin enormt fyllda tacos.

– Du ska inte packa om den där? skrattar Karl och tar en tugga av sin.

Maja ler tillbaka men envisas att stänga sin tacos och lyckas tillslut.

– Aha!! Sådär ja!

– Men jo, det är det. Tror du det kan vara sammankopplat? fortsätter han.

– Ingen aning faktiskt, det vore ju skumt men inte omöjligt. Varför försvinner de nu helt plötsligt?

Karl rycker på axlarna fundersamt och sträcker sig efter vinflaskan för att fylla på deras glas.

– Väldigt bra fråga, varför nu? Från ingenstans. Jag tror att det kanske kan vara drogrelaterat. Drogaffärer som går fel eller överdoserar hos någon kompis.

– Ojdå, tog de droger? Båda två? Maja är förvånad.

– Jag vet att de rökte på ibland, men det är ju lätt att man tar något annat och sen blir det skit, svarar Karl oroligt.

Karl låter inte helt självsäker i sin teori men Maja tycker det låter lite rimligt ändå, både Arvid och Edvin var free spirits men inga grova pundare direkt.

– Oftast är det väl langarna som åker dit eller dödas? Inte pundarna som köper. Tillägger Maja och tar en klunk vin.

– Sant, kanske överdos eller något?

– Mm....

Maja nickar instämmande och tar en tugga. De sitter nu tysta i några sekunder. I bakgrunden spelas Modern Family på låg ljudnivå. Karl och Maja äter sina tacos och dricker vin, ingen av dem vet vad de ska säga. Maja tänker på hur hon ska försöka reda på hur Karl känner. Hon vill inte vara för på och förstöra en vänskap men hon måste få reda på det förr eller senare. Innan hon hinner säga något fortsätter Karl konversationen.

– Har du pratat med Niklas då? Angående Edvin? frågar Maja

– Ja, Niklas och Edvin hade festat onsdag kväll med några vänner och då hade Edvin pratat med en av killarna om att han skulle träffa en tjej som han matchat med på Tinder. Niklas vet inte vilken tjej det var men killen sa att hon var blond och nästan nakna bilder.

- Samma tjej som Arvid gick hem till eller? frågar Maja. Menar du att både Arvid och Edvin gick hem till samma tjej inom loppet av bara några veckor och båda försvann?
- Kanske, jag vet inte. Men Niklas var väldigt inne på att det kan vara samma tjej, ett mönster kanske.
- Niklas är ju också konspirationsteoretiker så man får väl ta honom med en nypa salt, säger Maja skeptiskt.
- Väldigt sant, instämmer Karl.
- Men Niklas såg inte bilderna på henne eller? Namn eller något sånt?
- Nej, han hade ingen aning om att Edvin skulle träffa henne. Han hade nog stoppat honom annars, skojar Karl.
- Antagligen, inga Tinderdejter för Niklas, antar jag, skojar Maja och fortsätter att äta.

De stirrar ner i maten och det blir tyst igen, Maja ser sin chans och tvingar sig själv att ta den. Nervöst ställer hon äntligen frågan:

- På tal om dejter, en personlig fråga kanske men du dejtar inte någon nu eller?
- Nej, inte nu. Men jag är ju öppen för det, kommer det någon man klickar med så får man ju se om det blir något.

»JAG!?! VI KLICKAR JU!!« Maja vill skrika det rakt ut men håller tillbaka. Istället håller hon sig lugn och försöker ge solklara hintar i hopp om att Karl märker det.

- Exakt, någon man kan vara sig själv med och inte känna att man behöver låtsas vara något man inte är. Kunna ha såna här kvällar tillsammans, avslappnat och bara njuta av varandras sällskap.
- Ja, det hade varit härligt.

Tyst igen, Maja dricker upp sitt glas och märker att vinet är slut. Hon känner sig lagom lullig men det kan alltid bli bättre, tänker hon.

- Ska vi göra drinkar? Jag kan fixa ihop någon häxblandning om du har lite alkohol?

– Absolut, jag har Bacardi och frusna frukter.

– Daquiri?

– Underbart.

Maja går till köket i Karls lilla etta på campus. De både ser och hör varandra då det bara är en halvvägg som skiljer köket från vardagsrummet. Karl kollar på Maja när hon inte är uppmärksam och beundrar hennes kropp. Han har aldrig tänkt på att Maja har en bra kropp, en vanlig kropp med kurvor. Vanligtvis har hon pösiga kläder, förstora hoodies som täcker för hennes kropp. Men nu när hon har nästan lite finkläder på sig lägger han märke till den, plus att hon är en lätt tjej att prata med är inte negativt heller. Medan Maja står och fixar drink fortsätter hon konversationen.

– Men vad söker du i en tjej då? Vad har du för erfarenheter av förhållande?

– Oj, svåra frågor. Men en lugn tjej hade varit trevligt. En som gillar att träna med mig men som också har egna intressen jag kan lära mig av. Jordnära bara, svårt att förklara.

– En som inte gillar Kardashians och lägger upp bikinibilder på Instagram för att få likes?

Karl börjar skratta och nickar.

– Precis.

– Förstår dig. En ödmjuk men ändå lite galen ibland, kanske?

– Ja men precis.

– En som jag, säger hon och skrattar nervöst.

Undviker att kolla på Karl men hör att han håller med.

– Du då? frågar Karl när Maja äntligen kommer med drinkarna.

– Samma, en jordnära kille som inte är narcissistisk och behöver hävda sig hela tiden. Inte lättkränkt och kan ta ironi, lite galen också kanske.

– Har du haft problem med sånt innan? Narcissistiska killar? frågar Karl nyfiket.

– Ja. Mitt ex var en narcissist. Allt handlade om honom och jag fick inte träffa min vänner när jag ville. Han manipulerade mig väldigt mycket och fick sig själv att framstå som offret i alla situationer. Sedan blev han aggressiv när han inte fick som han ville. I slutet av relationen slog han mig nästan varje dag och fick mig att känna att det var mitt fel.

Karl spärrar upp ögonen i förvåning, detta hade han aldrig kunnat gissa om Maja, att hon som verkar så lugn och obrydd hamnar i sådant kaos. Karl vet inte vad han ska säga.

– Oj-jävlar, fan va hemskt.

– Ja.. det var en tuff period i livet. Men det är över nu, tur det. Jag lyckades samla kraft att göra slut och min familj hjälpte mig mycket.

– Bra, sånt är så hemskt att ta sig igenom.

Karl tycker att det är attraktivt med starka tjejer med fötterna på jorden och att Maja vågar erkänna sådana saker om sitt liv bevisar att hon inte skäms för den hon är, det gillar han. Maja tar en av drinkarna på bordet och börjar dricka. Det är mysigt och lugnande att umgås med Karl, han ger henne en ro inombords hon inte riktigt känt tidigare. Det kan vara alkoholen som påverkat henne men Maja känner att hon kan vara öppen och vara sig själv med Karl. Den skämtsamma men flörtiga jargongen mellan dem är stark, det gör att Maja blir osäker på om de är kompisar eller om det finns en chans till något annat.

– Verkligen. Fortsätter Maja. Visade sig i efterhand att han var otrogen mot mig med sitt ex och tog väl ut aggressioner mot mig.

– Kukhuvud, beklagar verkligen.

– Äsch då, you live and learn, som de säger.

Maja tar en klunk. Det blir tyst igen men på ett skönt sätt. Hon känner sig glad i Karls sällskap, kanske inte ska ta den där dejten med en random kille. Karl verkar så simpel, enkel att umgås med och lätt att prata med.

– Juste, baletten! Ska du visa mig?

– Neej, nej. Inte nu, kanske sen när jag är lite lulligare, skojar Maja.

– Okej då, ser fram emot det, skrattar Karl och tar ännu en klunk.

– Men, på tal om relationer, bara man är snäll och uppskattar varandra så kan man gå långt, tänker jag. Tillägger Maja för att inte skrämma bort Karl med sitt seriösa snack.

– Absolut, jag tänker samma. Hade aldrig kunnat göra så mot en tjej.
– Då kanske du har en chans.
Maja blinkar lite flirtigt till Karl och tar ännu en klunk av sin daquiri, han verkar inte vara helt emot att hon flörtar. De kollar på varandra lite för länge och tillslut tar alkoholen och lusten över helt, Karl lägger sin hand på Majas lår och lutar sig in närmare mot henne och hon gör detsamma, deras läppar möts i mitten och Maja försvinner in i en annan världs.

Karls mjuka läppar får Majas mage att pirra, »Äntligen«, tänker hon.

8

LUPERCALIA

*»Oron på Linneuniversitetet i Växjö växer allt eftersom flera studenter
verkar försvinna. Sedan januari månad har två studenter försvunnit från
campus i Växjö. Studenterna sägs ha försvunnit på kvällen när de, vid
separata tillfällen, varit på väg hem från fester. Växjöpolisen tillsammans
med missing people har letat för fullt runt om i Kronoberg. Första tecknet på
bevis kom i onsdags natt när små bitar av vad som tros vara skelett hittades
och misstänks tillhöra en av de försvunna.*

*Det var vid sjön Spånen i norra delen av Alvesta, tjugo minuter utanför
Växjö, då benen hittades av en kvinna som var ute på en promenad med
sin hund. Hunden stannade till vid en grillplats nära sjön för att kissa och
började då tugga på något, säger kvinnan.*
*Kvinnan antog först att det var en sten hunden tuggade på med tanke på hur
hårt det lät. Hon märkte snabbt att det inte var en sten utan, vad hon antar,
är ett skelett av ett halvt finger. Vid närmare titt på marken hittade kvinnan
tre till små skelettbitar som nu misstänks vara delar av en hand.*
*DNA analyser genomförs i hopp om att benen ska matcha någon av de
försvunna studenterna...«*

Elin sitter i soffan och äter frukost, bilder på Arvid och Edvin visas på
Nyhetsmorgons inslag om de försvunna studenterna och hon känner sig
både irriterad men även upphetsad. Irriterad över att Abel slarvat till det
och lämnat kvar ben, men samtidigt upphetsad av jakten. De har ingen
aning om vem som ligger bakom försvinnandet på pojkarna och att gå
runt med den hemligheten och vetskapen om att det är henne alla letar
efter samt är rädda för, de gör Elin upphetsad.

I köket sitter Abel och pysslar med tänderna som vanligt, det är Edvins och Arvids tänder. Han bygger små gubbar som han ska sätta upp på hyllan.

Det är fredag morgon, sista dagen på Lupercalia, en gammal högtid som är grunden till alla hjärtansdag som startades i Rom. Präster offrade får och en hund till gudar i hopp om fertilitet och mer kärlek i livet, en gammal Romersk tradition som senare tolkats till bara kärlek och tillslut fått namnet alla hjärtans dag.

Familjen Dahlén, som vissa andra satanister, har fört den originella versionen vidare där de offrar en människa och ett får på gården i en ceremoni för att få lyckad fertilitet till familjen. Elin är på jakt efter ett offer till kvällens ceremoni men först måste hon ta hand om Abel.

Hon går in i sitt rum och kommer ut sekunder senare, in i köket och går sakta fram till Abel med en stor närvaro. Hennes energi känns mörk och negativ, som om köket fylls av ett svart moln. Hon sätter handen på Abels bröst och i takt med att hon ställer sig bakom honom rör sig handen upp mot hans axel där hon har ett stadigt grepp. Abel vet att hennes mjuka beröring inte är kärleksfull, något dåligt kommer hända.

Abel fokuserar på att limma ihop tänderna, rädd att kolla och inväntar nervöst hennes handling.

Elin lägger nästan hakan på Abels axel, tätt intill hans vänstra öra och viskar sensuellt.

– Älskling, det här är inte bra. Hur ska vi leva lyckliga om du lämnar spår efter dig? Vill du inte att vi ska leva lyckliga.

– Jo, viskar han tyst. Jag vill inte att vi gör det på detta sättet. Vi flydde ifrån allt det hemska...

Abels röst är darrig och han har gråten i halsen så Elin ger honom en långsam kyss på kinden för att lugna honom samtidigt som hon smeker hans hår. Påväg bort från hans kind slickar Elin hans örsnibb samtidigt som hon, med högra handen, sträcker fram en svart gimp mask framför Abel.

Det gillar han inte, han blundar för att slippa kolla på den och kallsvetten smyger fram. Är det något han absolut är livrädd för så är det mörka trånga utrymmen och masken representerar just det, hans värsta mardröm.

– Ska vi bara få detta överstökat så så vi kan gå vidare och vara lyckliga, viskar Elin. Bara du och jag, jag lämnar dig aldrig men om dom kommer på oss kan vi inte vara tillsammans, älskling.

Hennes röst är mjuk och varm när hon viskar tyst in i hans öra. Abel vågar inte kämpa emot i rädsla över vad Elin kommer att göra mot honom ifall han vägrar lyda henne. Hon drar på honom den svarta gimpmasken i tjockt läder, drar för dragkedjan över munnen så han bara kan andas igenom nästan, knappt det, sen leder hon honom in i garderoben i hallen där han precis får plats.

En garderob som är ganska smal men hög, knappt så Abel får plats där inne, hon stänger den och hör hur Abel andas högt igenom masken via näsan när paniken sakta kryper fram i honom. Där inne får Abel stå i timmar i rädsla och lära sig av sitt misstag. Då och då hör Elin hur han gråter som en rädd hund och ibland ryter hon tillbaka att han ska vara tyst eller så sparkar hon på garderobsdörren så han blir rädd.

Resten av dagen tillbringar Elin med att skriva med killar på Tinder och bestämma träffar, hennes sexlust måste mättas. Matchning, matchning, matchning, det tar aldrig slut. Alla killar verkar tänka samma sak »henne ska jag knulla«. Elin sitter i sitt neon-fyllda rum och skriver med killar, njuter av att leka med dem, vetskapen om att hon styr deras öden som små dumma kåta möss.

Elin bestämmer en dejt med en kille klockan 20.00. Killen, Sami, är kraftigare än vad Elin brukar vilja ha men hon ser det som en utmaning, sportfiske, ju större byte desto större belöning och stolthet. Han berättar att han studerar andra terminen på polisutbildningen, han är ifrån Libanon och söker för tillfället inget seriöst men hans familj vill att han ska gifta sig med en libanesisk tjej. Elins provokativa bilder lockar fram det nyfikna i honom och den omedelbara tillfredsställelsen han söker, knulla och sedan gå hem. Sami är även öppen för en potentiell knullkompis under sin tid på campus om de skulle klicka. Elin håller med på alla punkter, hon är en kåt tjej som är väldigt framåt med sina intentioner och sexuella nöjen vilket gör Sami ännu mer intresserad.

På kvällen ses de hemma hos Elin på en flaska vin och gött snack. Men det går snabbt från att prata till att smeka varandra. Det är Sami som tar initiativet och börjar smeka Elin, pussa på hennes hals och börja klä av henne. Elin spelar med och låter Sami vara i kontroll, låta honom ta kommandot under förspelet, de ligger på soffan i vardagsrummet och hånglar Sami går ner på Elin ett tag, han är duktig, tungan vet vart den ska och rätt tempo, långsamt till snabbt, från att vara djup inne med tungan till mjuka kyssar på inre låret. För att spela vidare och få Sami avslappnad går Elin ner på honom och visar vad hennes händer och mun kan göra.

Ibland hör hon Abel i garderoben gråta men det dämpas av musiken som spelas i bakgrunden.

Sami föreslår att de ska gå in i sovrummet och fortsätta kvällen då han sett fram emot Elins vägg av sexleksaker på Tinder-bilderna och nu är ivrig att testa dem på henne. När han går in säger Elin att hon bara ska på toa lite snabbt men låser istället upp garderoben och släpper ut Abel, tar av honom masken och låter honom gå till sitt rum. Abel är genomsvettig och andas tungt av rädslan, han behöver lite tid att återhämta sig.

– Jag påbörjar ceremonin, jag ropar in dig när jag ska börja be så får du komma in med kniven och hjälpa mig avsluta den, okej?

Hon har handen på Abels kind och ser honom djupt in i ögonen med sin mjuka röst igen.

– Gå ut och hitta en katt eller något också, så är du underbar.

Abel nickar utan att säga något och beger sig ut. När Elin går in i sitt rum nämner Sami att det luktar konstigt där inne men Elin skyller på mögel i vägghörnen på det gamla kollektivet och tänder doftljus som ska dölja stanken. Sami tar ner handbojor, piska, mouthgag och buttplugg från väggen, skämtar om att han borde tagit med sig sina handbojor men märker direkt att Elins är lika bra. Han märker plasten på golvet och isoleringen på väggarna.

– Nämen ljudisolering och plast, du är en sjuk jävel märker jag, säger
han och skrattar. Du ska inte döda mig, hoppas jag?

Han skrattar igen och tar tag i Elin, slänger henne på sängen och fäster
henne vid sängkarmen med hjälp av handbojorna, sätter in mouthgag i
munnen på henne och börjar leka med henne. Elin märker att Sami är
oerfaren när det kommer till bdsm, han är mer fascinerad av idén men
när det kommer till kritan vet han inte vad han ska göra, det är ett gott
tecken för Elin som spelar med.

Det är en passionerad och svettig kväll, aggressivt och adrenalinfyllt.
Sami vet vad han gör i sängen och Elin tar honom till hans gränser
med hårda stryptag, örfilar och experimentera analt. När hon känner
att det är dags för henne att komma, går hon av Sami och hämtar mer
rep, ber honom ligga kvar och binder honom långsamt och förföriskt.
Innan Sami vet ordet av det har Elin bundit fast hans händer på varsin
sida och likaså fötterna, han ligger som ett »X« över sängen. Elin sätter
sig då på hans kuk och börjar rida. Det Sami inte vet är att Elin tog
sitt rakblad samtidigt som hon tog fram repen och höll den i munnen
medan hon band fast honom. Plötsligt känner han att det svider till och
börjar brännas på låret men han förstår inte varför, Sami antar att Elin
rivit honom lite för hårt. Det sticker till på sidan av hans mage denna
gången, samma känsla som innan och han skriker till av smärta. *Hur
jävla vassa naglar har hon?«*, tänker han. Sami känner hur det blir blött
på lakanet både vid benet och även vid ryggen, när han tittar ner ser
han att vätskan är mörk men neonljuset gör så att det ser svart ut. Elin
river honom på bröstet och ett av rivtagen går djupare än de andra och
öppnar upp hans bröst så blodet rinner ut.

Sami får lite panik nu, han inser att Elin skurit honom tre gånger och
han har ingen chans att ta sig loss oavsett hur mycket han drar i repen
och sliter.

Vanligtvis har Elin drogat killarna men denna gången hon honom
»nykter«, rädslan som forcerar genom hans blod ger henne mer energi
och euforisk känsla, den rädslan blir inte lika stark om killarna är dro-
gade och halvt medvetslösa.

Ytterdörren öppnas och stängs, Elin hör Abels fotsteg in till sitt rum, det är snart dags att avsluta. Hon stoppar in mouthgag i Samis mun för att dämpa hans skrik samtidigt som Lamb of God återigen spelas högt i bakgrunden. Elin tar rakbladet och skär långsamt längs med hans bicep, låter blodet rinna ut men släpper aldrig ögonkontakt med Sami. Han skriker och rycker i panik men kommer ingenstans, Elin ler åt honom innan hon ska börja be.

– Du kan komma in nu!! skriker hon.

Dörren till sovrummet öppnas och Abel stiger in, han ställer sig bakom Elin och kollar på Sami. Hennes kropp och händer är täckta av blodet som runnit ur Sami och hon känner hur klimax är nära. Med en lite skakig röst börjar Elin be, hon ber högt och rider Sami långsamt för att inte komma för snabbt, vid varje fras skär hon långsamt i hans bröst. Med varje bönefras rider hon snabbare och ber högre, skär djupare.

När bönen är som högst och Elin nästan pratar i tungor sträcker hon bak handen och tar emot kniven från Abel. Med ett hårt hugg ner mot Sami öppnar hon upp hans mage och släpper ur sig ett högt stön, hon hugger igen och stönar lite till. Hennes ben skakar av njutning och det rinner ner från hennes fitta, ner på hans mage och blandar sig med blodet. Sedan går hon av honom och går med den blodiga kniven mot Abel medan hon ber igen, Abel sträcker sig fram och Elin drar sidan av bladet på hans panna, precis som de gjorde i Rom. Sedan gör hon samma sak med andra sidan av det blodiga bladet på sig själv, det ska vara ett tecken på fertilitet och hälsa.

De står och kollar på Sami, som kämpar för sitt liv, i några sekunder och bearbetar allt som hänt. Plötsligt kommer en liten varelse in i rummet, en fluffig, söt, vit katt hoppar upp på sängen. Elin inser att hon glömde offra katten med och innan Abel ens hinner reagera på att katten är på sängen, tar Elin ett snabbt och hårt tag om kattens huvud och skär även den två gånger. Hon doppar sedan fingrarna i katten blod och skvätter det på Abel och sig själv samtidigt som hon rabblar en snabb fras.

– Så, fnissar hon glatt.

Obrydd och full av energi skuttar hon ut för att duscha av sig.

Abel tar bort alla leksaker och sätter dem i en hink så han kan tvätta av all Samis DNA, sen knyter han loss Sami. Han hämtar en ica-påse som han lägger den döda kattungen i och knyter påsen hårt. Plasten på golvet tar han bort och efter det tar han bort kuddar, täcke och lakan som ska tvättas. Allt detta medan Elin sjunger i duschen, obrydd om vad hon precis gjort.

9

NIKLAS

Klockan är nästan 22.30 när Abel påbörjar styckningen av Sami, aldrig tidigare har det gått så fort från att dejten börjar till att Abel står över badkaret och sågar lemmarna av offret. Vanligtvis brukar Elin kolla ett avsnitt av en serie och sedan lägga sig. Men nu har hon några timmar att döda innan hon lägger sig, så Elin sätter sig i vardagsrummet i bara trosorna och fortsätter swipea på Tinder. Kåtheten har inte lagt sig, det pirrar fortfarande i kroppen på henne.

En av pojkarna hon matchar med är Niklas som vill ses redan samma kväll. Elin går in i rummet och kollar på allt kaos som måste fixas, lägga på nya lakan samt göra sig av med stanken om Niklas ska komma förbi. Möjligtvis kan de knulla på soffan men vad gör hon med Abel och Sami? Stänga dörren kanske och tända en massor av doftljus? Elin försöker få Niklas att bestämma dejt dagen efter samtidigt som hon vill få ur sig sin kåthet ikväll, tankarna går runt i huvudet som ett hamsterhjul och impulsiviteten slåss mot vettet. Niklas försöker få Elin att ta sig hem till honom men hon svarar att hon inte tycker om att gå hem till okända killar på första dejten oavsett hur snäll han är.

Niklas tycker det är konstigt med tanke på hennes provokativa bilder som visar en annan story och han ställer frågor om Elins kinks, om hon gillar hårt sex och att vara dominerande. Niklas frågar vad hon gör med alla leksakerna och om hon någon gång använt dem på någon kille vilket Elin svarar ett flörtigt »ja« på och att killar gillar det. I brist på att få hem Elin föreslår Niklas istället att de ska träffas ute på campus, ta en promenad på campus mitt i natten i hopp om att senare gå hem till Elin.

Elin går med på detta och de bestämmer träff utanför biblioteket, vid trumpeten, en halvtimme senare som hon tar bussen till. Dejten går bra, de vandrar och pratar om allt möjligt som dyker upp. Niklas berättar om sin barndom, om att han inte hade någon mamma och att pappa alltid tog hem nya kvinnor. Niklas berättar även om de olika hem han hamnade på i senare ålder innan han fyllde 18, detta har i sin tur påverkat både hans relationer men även drogmissbruk som han slagits med i flera år.

Just nu röker han bara weed och sökte lärarutbildningen för att komma bort från sitt tidigare liv och bygga ett nytt, få en karriär som lärare och förhoppningsvis kunna få ett stadigt liv för en gångs skull. Elin märker dock på Niklas att han har druckit och sluddrar lite med orden vilket i sig förklarar anledningen till varför han var så ivrig på att träffas. Elin berättar en fabricerad och mild version av sin uppväxt som matchar Niklas uppväxt för att relatera till honom och få honom att bli bekväm med henne.

De kommer in på samtal om relationer och kompisar, då när Niklas att hans kompis Arvid kan ha matchat med henne på Tinder, han frågar om hon vet vart han tagit vägen. Elin säger att hon minns Arvid men att deras möte var kort, han hade bråttom någonstans men han ville inte säga vart.

– Så du dödade honom inte? vräker Niklas ur sig.

Det blir en stel tystnad i en sekund, Elin är tagen av kommentaren.

– Va? Absolut inte.

Elin är förvånad av frågan men inte av anledning Niklas kanske tror, hon är förvånad över att Niklas har gått i de tankebanorna och om han har gjort det har säkert flera gjort det. Elin nekar och skämtar bort samtalsämnet utan att Niklas märker det, hon är osäker på om hon ska låta dejten gå vidare och inte göra något för att motbevisa Niklas och få bort misstankarna mot sig. Men å andra sidan kanske Niklas är där för att avslöja henne och då måste hon göra sig av med honom, tankarna är återigen spridda mellan samvete och lust.

– Vad har du gjort idag då? frågar hon för att luska lite.

– Inte mycket, ledig idag så jag vaknade sent, spelade playstation, jag var på stan med en kompis och sen gick jag hem för att tvätta kläder och så blev det några drinkar.

– Trevligt, men du drack inte med din kompis?

– Nej, jag drack hemma själv i väntan på tvätten, säger Niklas och ler oskyldigt.

Promenaden fortsätter, Elin funderar på vad hon ska göra, hon skämtar mycket för att skapa en kul stämning, få Niklas att slappna av mer.

– Du påminner mig om någon men jag vet inte vem, säger Niklas.

Kommentaren förvånar Elin, hon blir nyfiken på vem hon påminner honom om.

– Jasså? Vem då? svarar hon nyfiket.

– Ja, men jag kommer inte på vem, känner igen din röst.

– Kanske träffats ute någonstans, fulla som fan båda två, skämtar hon.

– Antagligen, hånglat i dimman, skämtar Niklas tillbaka.

Elin tar tillfället och kysser Niklas, mest för att få tyst på honom, men hon vet nu vad hon måste göra. Kyssen funkar väldigt bra och Niklas föreslår tillslut att de går in i hans bil vilket Elin nappar på direkt, hellre bilen än hemma hos honom.

De går in i bilen, kör iväg en bit och parkerar på en grusväg bredvid en hästhage lite utanför campus. Sätter sig i baksidan av bilen, börjar hångla direkt och smeker varandra. Det är sensuellt, Niklas varma mjuka läppar väcker lusten i Elin ännu mer, han är väldigt bra på att hångla. Även om hans andedräkt luktar alkohol och cigaretter så gör det inget, Elin har gjort värre saker och nu har lusten tagit över helt. Ute är det tyst, en kall februari vind slår lätt mot bilrutan vilket skapar en mysigt känsla, harmoniskt att lyssna på men i Elins huvud har kaoset satts igång.

Kåt och taggad börjar Elin smeka Niklas över byxorna, först långsamt men det tar inte lång tid innan hon drar ut hans kuk och börjar runka av honom. Hånglet slutar och de får ögonkontakt samtidigt som Niklas njuter, hennes ögon ler stor och utan att fråga rakt ut vet Niklas vad Elin vill. Han nickar och Elin böjer sig ner i det trånga utrymmet och börjar suga av honom, Niklas sträcker armen under henne för att lättare kunna smeka hennes fitta. De stönar båda två och lusten ökar med tempot, Elin beslutar att det är dags att få sitt, så hon sätter sig på hans kuk och börjar rida.

Hennes kåthet tar över direkt och pirret växer i kroppen, det går fortare än förväntat och Elin känner att hon inte kan kontrollera det längre, hon måste agera på lusten.

Sexet blir aggressivt och svettigt så rutorna immar igen, Elin håller hårt i Niklas nacke och tröja när hon rider honom samtidigt som han suger på hennes bröstvårtor.

När de ska byta position tar Elin fram handbojor och insinuerar att Niklas ska sätta händerna bakom ryggen. Niklas sätter händer framför sig men går med på att hon kan använda handfängsel på honom utan att ens veta vilken position hon vill utföra, men i stundens hetta bryr han sig inte heller.

Niklas är mer nyfiken på vad som kommer hända, vad Elins vilda fantasi ska leda till i det trånga utrymmet i bilen. När han ligger i baksätet naken i väntan på att Elin ska hämta en ny kondom från sin väska i framsätet märker han att hon tar upp något mer, en liten grej i metall som hon gömmer i handen. Situationen han satt sig i blir allt mer tydlig nu, naken i baksätet med händerna hårt fastkedjade med varandra, sårbar och ett lätt byte.

Tanken på hans försvunna vänner Arvid och Edvin snurrar i Niklas huvud, plötsligt är han klart nykter och inser vad som händer. Han kanske överreagerar och antar helt fel om Elin och situationen, men inser att det även finns en chans att han hade rätt om Elin. Hjärnan går i 200km/h, tankarna hoppar runt som ett flipperspel, under den korta tid det tar Elin att gå från framsätet till baksätet har Niklas tänkt på flera sätt att ta sig ut men agerar i ren panik.

Elin kommer in i baksätet men träffas direkt av en hård spark mot bröstet och halsen. Hon flyger bakåt och kämpar efter luft. Rakbladet tappar hon, det har skurit henne lite på handen men inte tillräckligt för att skapa en stor skada. Medan Elin både kollar ner för att hitta rakbladet och försöker förstå vad som just hände knuffar Niklas sig ut ur baksätet. Han sparkar Elin i magen så hårt han kan innan han går till framsätet och försöker ta sina byxor med telefonen och plånboken. När han ska börja springa mot campus känner han något löpa mot honom, som ett rovdjur på jakt, en svart demon som svävar i ögonvrån.

Elin tar tag i vänstra vaden, drar ner honom på marken, tar rakbladet och går direkt mot halsen. Niklas kämpar emot med händerna fastkedjade, han skriker och försöker få bort Elin med all sin kraft. Den söta lilla flickan har förvandlats till ett djur, ett snabbt och aggressivt djur. Hon hugger överallt med rakbladet men mest på bröstet, armarna och ansiktet i hopp om att komma åt halsen. Han lyckas slå Elin hårt i magen igen och sedan i bakhuvudet, i en millisekund står han över en skadad Elin och tänker på om han ska springa iväg eller strypa henne med fängslet. Kedjan emellan bojorna är ganska liten men med hårt tryck kan han kväva henne till döds, även om det inte ligger i hans natur så är det en fight or flight stund. Niklas tar händerna framför Elins nacke och drar till hårt, Elin kämpar efter luft, ena armen försöker få bort kedjan och den andra försöker hugga Niklas men misslyckas. Allting går så fort, det känns overkligt men Niklas håller hårt och hör hur hennes andetag blir färre och ljusare.

Det blåser en kall luft mot dem, snön har precis smält bort men med allt adrenalin som pumpar igenom Niklas kropp känner han inte av det. Han är så uppe i varv att han, till en början, inte känner av Elins hårda grepp om han kuk, men så fort hon hugger med rakbladet släpper han automatiskt greppet om henne. Kroppen reagerar innan sinnet men de kommer ikapp väldigt snabbt. Det bränns och en pumpande smärta attackerar hans pung, som konstant tusen hårda slag mot pungen bara repeterar sig. Niklas faller ner på marken och skriker. Campus är tyst, klockan är lite över ett på en söndag natt och de flesta ligger och sover, men även om de hörde Niklas skrika kan de inte se honom ute bland hästarna.

Han öppnar ögonen för att se om Elin ligger på marken och hämtar luft, men det är svårt att se bland tårarna och smärtan som pulserar genom hela kroppen.

Precis när han lyckas öppna ögonen helt trycks hans huvud ner mot den frusna och kalla marken, i ögonvrån ser han Elin, en mörk skugga. Niklas försöker ta sig upp och vända på sig, men Elin trycker ner honom med sin vänstra fot mot hans hals.

Bland tårarna och mörkret får de ögonkontakt igen, hennes blick är död och kall, ögonen svarta som om de saknar liv, inte alls samma och roliga Elin som skämtade under promenaden. För att visa Elin att han inte kommer vara ett hot ligger han still en stund i hopp om att hon kommer ändra sig. Under tiden samlar Niklas kraft för att ta sig ur, tänka ut hur han ska göra och hur han kan bli av med Elin om han skulle ta sig loss. När Elin lossat foten lite ser Niklas sin chans och trycker upp kroppen i ett stort ryck, skjuter sig själv framåt och uppåt för att springa så fort han kan men Elin hinner reagera. Han känner en kraft över bröstet lika snabbt som han försöker springa och Niklas hamnar med huvudet i den hårda marken igen.

Ett hårt knä trycker på halsen så han knappt kan andas, Niklas försöker skrika efter hjälp men får snabbt ett hårt slag i revbenen och tappar andan, hans skrik blir mer en kamp efter luft. Medan han flämtar efter luft böjer sig Elin ner och ger och en kyss, hon biter hårt i hans tunga och drar ut den. Niklas försöker skrika av smärta men kraften har gått ur lungorna. Tungan är helt ur munnen nu och innan Niklas hinner reagera ser han hur Elin rycker till med rakbladet tvärs över tungan och skär av den lilla biten hon håller hårt mellan tänderna. Det bränner till på tungan och smärtan slår honom igen, likadan smärta som när hon skar honom på pungen, han skriker ut igen med all sin kraft.

För att få ett slut på hans skrikande sätter hon knät på ansiktet och drar rakbladet tvärs över Niklas hals, skär halspulsådern och ställer sig sedan upp igen, iakttar hur Niklas förblöder och kämpar för sitt liv, hon beundrar sitt verk. Ansiktet täckt av svett, blod och munnen fylld av blod som sprutar ut med varje andetag vet Niklas att det är kört, han skulle litat på sin magkänsla om Elin.

Detta kapitlet skulle vara en nystart på livet, något positivt, men nu ligger han på marken och förblöder, smärta som pumpar igenom hela kroppen kämpar han för att hålla sig vid liv.

»Älskling jag vet hur det känns, när broar till tryggheten bränns. Fast tiden har jagat oss in i en vrå...«

In och ut ur medvetandet hör han att Elin sjunger med en ljus stämma, obrydd om att han ligger där döende. Det dröjer bara några sekunder till innan luften tar slut och kroppen går i chock och Niklas tar sitt sista andetag.

10

KARL

Söndag morgon efter alla hjärtans dag-helgen är Karl ute på en löprunda, det är tidigt och väldigt tomt ute på campus, som vanligt ligger alla hemma bakfulla och trötta. Han har skrivit med Maja hela lördagen, de båda bestämde att de skulle hålla avstånd efter »dejten«. Det var en spännande och väldigt intressant kväll som de båda tyckte om, även om de båda vet att det var alkoholen som styrde.

Maja skrev i gruppchatten lördagkväll att hon fått feber och stannar hemma några dagar, Karl vet inte om hon verkligen har feber eller om hon är för rädd för att träffas. Det blir bara stelt om de gör det stelt, tänker han. Även om deras samtal var avslappnat och kul på lördagen så vill Karl inte att deras vänskap påverkas eller förstörs på grund av ett fylleligg. Bäst att hålla det lågt också, inte prata om det framför Hanna, hon behöver inte veta om deras lilla misstag.

På väg hem från löprundan får han notis efter notis efter notis, klockan är knappt nio men klasschatten är igång. Karl stannar upp och läser allt som skrivits, han skrollar upp lite och ser en artikel från Smålandsposten som Julia skickat.

Det är en bild på campus och en bil utanför campus med avspärrningsband överallt.

I artikeln står det att det skett ett mord på campus på fredagskvällen, en kille i 20-årsåldern hittades död med skärsår över hela kroppen.

Julia hörde ett rykte om att det är Niklas som mördats men hon är inte säker, Karl ringer Niklas flera gånger men han svarar inte. Han inser att det är tidigt på en söndag och att Niklas antagligen sover till tolv eller ett på dagen så han beslutar sig för att först springa bort till mordplatsen och sedan se om Niklas är hemma.

Mordplatsen är fortfarande skyddad av avspärrningsband men inga poliser är där för att svara på Karls frågor, på marken ser han mycket blod, först i en pöl och sedan mer utspritt runtom.

När han plingar på hemma hos Niklas öppnar han inte, Karl bankar och ringer på dörrklockan flera gånger och efter tjugo minuter öppnar Niklas fortfarande inte.

Karl hoppas på att han antingen är hemma hos en kompis, tjej eller bara så full att han fortfarande sover djupt. Karl går hem och resten av dagen fortsätter han att skriva i chatten, söka på flashback och läsa i nyheterna om mer information.

Måndag morgon, på seminariet, bekräftar läraren att Niklas blivit mördad. Det är en tung stämning i klassrummet, ingen säger någonting och många gråter av ren chock.

Rektorn har beslutat om att de ska hålla en tyst minut 08.30 i alla klasser så lärarna hinner meddela eleverna samt så eleverna hinna ta in den hemska informationen innan den tysta minuten. Efter det så ställs resten av lektionerna in men oklart hur länge, Hanna och Karl går hem till Karl för att inte vara ensamma hemma, de behöver alla någon att vara med och bearbeta allt.

***

Tisdag eftermiddag går Hanna och Karl hem till Maja för att se hur hon mår och kanske handla något åt henne.

När hon öppnar dörren träffas de båda av en stank de inte var beredda på, Maja såg deras reaktion och förklarar sig direkt.

– Förlåt för stanken, jag har inte haft ork till att ens öppna fönstret, bara legat i sängen och svettats, spytt ibland. Ni får inte komma in så ni blir smittade.

Hanna springer iväg till affären en bit bort och köper ingefärsshot, te, citron och honung till Maja, även ett paket Ipren så hon snabbare kommer på benen. Under tiden står Maja och Karl själva vid dörren. De ler blygsamt mot varandra och ingen vet va de ska säga, Maja vill inte att Karl ska se henne såhär men. Han öppnar upp konversationen:

- Angående vår kväll...hoppas inte det blir stelt nu mel-
- Nejdå absolut inte. Det var en fyllegrej, kul fyllegrej men kanske bäst
  att..
- ..att inte göra något mer?
- Precis. Men du kysser bra. skrattar Maja och ler.

Karl rodnar och skrattar till.

- Tackar, du också. Vi får bete oss nästa fest så vi inte hamnar där igen,
  säger han med glimten i ögat.
- Hah! Ja, verkligen, nickar Maja men håller egentligen inte med. På
  tal om fest, fortsätter hon, vi får ju ha någon fest i min sommarstuga,
  har tänkt på det nu när jag varit sjuk, i brist på annat.
- Låter gött, absolut. Vi får planera något på kanske valborg eller mid-
  sommar kanske? Om det inte skiter sig. Om vi fortfarande är vänner.
- Käften på dig, klart vi är vänner, svarar Maja och ler. Sluta glutta så
  på mig, vi får bara fortsätta ses som vänner då helt enkelt.
- Absolut.

Karl nickar och ler, de stirrar in i varandras ögon i en kort stund tills
det återigen blir tyst mellan dem och de står där tysta i trappen ett tag,
de vet inte vad de ska säga.

Karl öppnar upp för konversationen om Niklas.

- Förresten, Niklas? Det är helt sjukt, säger han.
- Ingen som sagt något då? Ingen som sett eller hört varför han blev
  mördad...eller hur han blev mördad? frågar Maja oroligt.
- Nej tyvärr, ingen såg någonting. Julia hörde någon skrika mitt i natten
  så hon, men det var bara ett skrik, sen dog det. svarar Karl.
- Det var väl han som dog då?
- Tror du det finns någon koppling?
- Mellan Niklas och de andra? frågar Maja.
- Ja, det borde väl finnas någon koppling. Tre av våra klasskompisar
  antingen dör eller försvinner inom loppet på en månad. Gud vet hur
  många fler det är som har försvunnit, svarar Karl irriterat.
- Jag vet faktiskt inte, svarar Maja och stirrar tomt. Det kanske finns
  en koppling, men fyfan vad hemskt att det ens har hänt.

– Verkligen, svarar Karl tyst. Tror du det kan vara så att de faktiskt
gick på dejt?

– Med tjejen från Tinder? Tror inte det, speciellt inte att Niklas går på
dejt med någon som dödar honom ute mitt på campus, där folk kan
se, låter ju helt efterblivet.

– Ja, jo...det gör ju det, säger Karl fundersamt.

Ingen av dem vet hur de ska hantera allt som händer, varken försvinnandena och morden eller det som hänt mellan dem två. Hanna kommer
springandes med en påse full av saker som Maja ska ta för att friskna till.

Maja tackar och vill ge henne en kram men låter bli, de vinkar hejdå
till varandra och går hemåt.

***

Fredag morgon dyker Maja upp till skolan, pigg och glad trots omständigheterna runt om. Hon har kollat på nyheterna hela dagarna
och hon har sett det Hanna och Karl har sett. Niklas mord har gått på
alla kanaler, samtidigt har det uppmärksammats att det har försvunnit
killar från campus men ingen har gjort kopplingen ännu, förmodligen i
brist på bevis. Polisen tror att mordet har koppling till gängkriminalitet,
drogrelaterat och som kan ha koppling till de försvinnanden på campus
senaste månaderna.

Maja, Karl och Hanna kan inte vara helt säkra på att det inte är drogrelaterat heller då alla tre killarna umgicks vagt i de krokarna, rökte
oftast på även om de inte var kriminella av sig. De kan ha helt fel när
det gäller den svaga Tinder-teorin, Niklas var mest på hugget angående
Tinder-tjejen och nu är han död vilket gör Maja och de andra kluvna.

Alla tre grabbarna kan vara kopplade till droger, kanske sen droghandel som gått fel men att Niklas, som var mest på hugget om Tinder-tjejen,
nu är död väcker misstankar. När de får en stund tillsammans efter
lektionerna frågar Maja om Karl vill hitta på något på kvällen.

– Inte som en dejt, men som kompisar, antyder Maja.

– Ja visst, skrattar Karl, ska Hanna också med?

– Nej, hon skulle på möhippa imorgon så hon åker nog till sin syster ikväll. Hennes kusin gifter sig.
– Jasså, kul. Jo men vi kan ju höras senare.
Senare på kvällen kör Maja och Karl till Mcdonalds, köper massor av mat, Maja har fixat weed av en gammal kompis så de sätter sig hos Karl för att röka och kolla på film. Pirates of the Caribbean-filmerna rullar på medan de pratar om livet.

De diskuterar Hanna samtidigt som Karl rullar jointen och Maja tar fram godsaker att äta. Maja nämner att Hanna är väldigt snäll men nästan så det kan bli jobbigt.
– Ibland vill man be henne vara tyst och inte blanda sig in i ens problem, säger Maja, nervös över vad Karl tycker.
Karl är smått förvirrad över Majas kommentar, han antog att Maja och Hanna var väldigt bra kompisar.
– J-ja? Hon pratar en hel del, jag har inte tänkt på det direkt. Men lite jobbig kan hon vara ibland kanske.
– Lite? Asså jag älskar henne, hon är riktigt skön och snäll att umgås med men tänk på det nästa gång ni ses, nyfiken som fan och slutar aldrig prata om sig själv, säger Maja och sätter sig bakom Karl för att hjälpa honom med hans nacke som han har sträckt under träningen.
Karl tänder jointen och börjar röka, köksfläkten är igång, fönstrena är öppna så röken kan åka ut och som tur är bor Karl på tredje våningen så de behöver inte oroa sig om att någon ser in. Lägenheten är svagt belyst, bordet är fullt med mat och Maja sitter bakom Karl i soffan, masserar hans stela nacke medan han röker jointen. När han tagit några bloss skickar han den bakåt och håller den åt Maja medan hon masserar.

När Karl lägger tillbaka jointen i askfatet lutar han sig tillbaka och nästan pressar ner Maja i soffan med ryggen, nu ligger han över henne som ett täcke och låtsas inte märka av henne. Hon försöker först putta bort honom men misslyckas och istället börjar hon kittla honom, Karl flyger åt sidan och Maja kan återigen andas.
– Ojdå, förlåt, låg du där? Jag såg dig inte.

– Akta dig så jag inte ger tillbaka, jag är farligare än du tror, skämtar
   Maja och kittlar honom lite till.
Maja börjar lekfullt brottas med honom i soffan.
– Aj! Nej! Sluta! Du är ganska stark för en balettdansös, skrattar Karl
   ut och stöter bort hennes små händer.
– Tyst med dig, jag är fan stark.
De hamnar liggande i soffan ansikte mot ansikte och kollar på varandra.
   Maja kliar Karl lätt på armen, kollar upp och ner på hans armar, mus-
kulös men inte för stora, hon tar på blodådrorna som sticker ut lite.
– Ojdå, viskar hon och kollar upp på Karl som kollar tillbaka.
– Hah..ojdå. Hur hamnade vi här?
De ler mot varandra i tystnad, båda lika höga och avslappnade, Karl
kliar tillbaka och båda njuter av beröringen, blundar och njuter.
   Precis då skriver Hanna i gruppchatten, ljudet från telefonen väcker
dem båda ur deras meditation, ingen av dem vet vad som hänt, de kollar
på varandra och runt om i rummet. Karl ställer sig upp, hög som ett hus
och kollar ut genom titthålet på dörren, orolig att polisen kanske står
utanför. Det plingar till igen i telefonen och de inser då att Hanna skrivit
till dem, hon frågar vad de gör och om de vill hitta på något.
– Vi chillar bara, kom förbi om du vill, trodde du skulle till din syster
   ikväll, skriver Karl.
– Nej? Vem sa det?
– Tyckte du sa det förra helgen, skriver Maja.
– Nej, inte vad jag minns. Men jag kommer förbi då, är ni hos Karl?
– Yes.
Maja ger Karl en smått irriterande blick för att säga »Precis det vi snackar
om«.
   Karl blir lite stel då Maja slänger ur sig kommentaren om Hanna ovän-
tat och överraskar Karl, han vet inte vad han ska säga.

II

GRÅZON

(Mars 2019)

Campus är under övervakning varje dag och natt, flertal väktare går runt på universitetet under dagen för att spana och rapportera om de ser något misstänksamt. På kvällen är det poliser som patrullerar till fots och via bil då de som försvunnit har försvunnit på kvällen, så säkerheten är som störst då.

Skvallret bland studenterna på campus varierar, men alla pratar om killarna som försvunnit och det pratas väldigt mycket om Niklas. Det har lagts upp några fåtal bilder på instagram och facebook om försvunna vänner och klasskompisar, nu är det uppe i ca. nio killar som saknas men senaste veckan har det varit tyst. Majoriteten tror att det har med droger att göra, sånt pågår ju extremt mycket på campus, men det har spridits ett rykte om en tjej på Tinder som killar går på dejt med innan de försvinner. En grupp på facebook har bildats med syftet att hitta tjejen, dock har den bombarderats av bilder på tjejers tinderprofiler som skapat negativitet. Många hänger ut oskyldiga tjejer och slänger ur sig falska anklagelser.

Det har snart gått en månad sedan polisen hittade Niklas döda kropp men har ännu inte lyckats hitta någon koppling till varken gäng, droghandel eller de andra som försvunnit. Polisen och Missing People gör sitt bästa för att både hitta de som försvunnit men även försöka förhindra att flera försvinner.

Sökningar efter försvunna människor har ökat i Alvesta efter att skeletten hittats, skogen vid sjön Spånen har spärrats av i samband med utredningen och nu har flera skogar runt om Alvesta spärrats av och undersöks noggrant.

Abel och Elin kollar på nyheterna på kvällen, de visar inslag av grill-platsen Abel använde sig av för att bränna kropparna med gula och röda band överallt i skogen. Abel måste hitta ett annat ställe att göra sig av med kropparna, Elin är frustrerad över hela grejen, men inte över att polisen är involverad, hon är frustrerad över att hon inte kan agera på sina luster just nu, hon har fått ta en paus och kan inte mätta själen. Senaste veckan har hon gått på två dejter men inte kunnat döda någon, vilket betyder att hon inte har kunnat nå klimax och får lägga sig arg och känna en tomhet, hon känner sig smutsig efter ett vanligt ligg.

Elin sitter i vardagsrummet, på golvet på sin yogamatta och stretchar i lugn och ro medans hon lyssnar på nyheterna, det har blivit en var-dagssak; att följa nyheterna för skojs skull. I dörrkanten står Abel som vanligt och kollar, han hörde nyheterna från köket och var tvungen att se om något nytt har kommit fram om dem.

Abel tittar på Elin som står stilla i en position med slutna ögon och mediterar, han sneglar på det trånga skåpet i hallen och det gör ont i magen av att bara kolla på den. Ovetandes om vad Elin ska göra med honom står han oroligt och kollar på henne och nyheterna. Hon byter position långsamt och står nu rakt upp med ögonen fortfarande slutna. Hon tar ett djupt andetag och andas långsamt ut, lugnt och fridfullt meddelar hon Abel vad hon tänkt på:

– Ett offer till påsken och ett till midsommar. Vi får hälsa på *Mor* och *Far*.

***

Karl sitter hemma och njuter av en kväll helt själv, senaste månaderna har tagit mycket energi. Vänner som försvunnit och blivit mördade som har gjort att han börjat gå i terapi där han även har börjat prata om Maja, hur han känner för henne vilket i sig har öppnat upp nya tankar. Han sitter i soffan och spelar Fifa samtidigt som han häller upp sitt tredje glas whisky, egentid när den är som bäst.

Disken från entrecoten han åt tidigare står på köksbänken och väntar, det är morgondagens problem. Mobilen har han lagt på tyst läge så ingen kan störa och han har köpt två påsar chips han smååter på ibland. Timmarna går och Karl övergår från lullig till full vilket gör att kåtheten stiger, han har skrivit till Maja tidigare att han vill ha egentid ikväll, men nu börjar han bli sugen.

Inte specifikt på Maja dock, deras situation är oklar, de har legat en gång och träffats fåtal gånger i smyg, till och från under en månads tid. De lyckas inte riktigt få till något exklusivt på grund av de diffusa svar Maja ger när Karl frågar henne om dem.

Karl känner att han vill se vad som finns där ute, lägga Maja på hyllan lite.

Med vetskapen om att den konstiga tjejen från Tinder antagligen finns där ute någonstans laddar han ner appen bara för att se hur den funkar. Tidigare har Karl varit emot appen då han inte haft något direkt sug för engångsligg eller hopplösa konversationer men nu är han nyfiken, han kanske till och med lyckas ordna en dejt ikväll. Han laddar ner appen, slänger in fyra bilder som visar hans olika sidor samt en presenterande text som beskriver honom och hans intressen.

Två bilder på sin »lumber-daddy«-stil, en sommarbild på sin vältränade kropp då Niklas och grabbarna pratat om att sånt brukar funka, sista bilden är en bild från hans födelsedag där han sitter i finskjorta på restaurang och njuter. Fyra blandade bilder men Karl är väldigt skeptisk till att det kommer att fungera, han skäms nästan över bilderna han lagt upp men värt att testa.

Han lägger ner telefonen i ca. 10 minuter och spelar en match Fifa, när han är klar häller han upp ännu ett glas whisky och kollar sin Tinderprofil. Sju stycken tjejer har gillat hans profil, nu blir har nyfiken, han börjar swipea för att se om han hittar någon han tycker är söt. Det tar inte lång tid innan han får sin första matchning, sen sin andra, tredje och fjärde. Lisa, Josefine, Nicole och Nadja, alla söta tjejer och med intressanta bios.

Josefine bjuder med Karl på fest redan samma kväll som han funderar på att kanske hänga med på. Nadja har också en hemmakväll och hade inte haft något emot att ha det tillsammans, skriver hon. Lisa är bara där över helgen och festar med vänner, hon erbjuder sig att komma över på efterfest vilket Karl inte har något emot om han skulle vara vaken kl.02.00.

Nicole skriver ingenting, Karl kommenterar hennes hund, en grå amerikansk bulldog men får inget svar tillbaka, det är tydligen väldigt vanligt har Niklas berättat.

Den femte matchningen han får känner han igen, en blond »e-girl« med provokativa bilder. Cosplayer med mycket smink och halvt nakna bilder, två ormar tatuerade på vardera axel som går ner mot hennes bröst. En av bilderna är på en vägg full av sexleksaker. *ELIN*, nu vet han vad hon heter.

Karl väntar på att Elin ska skriva först men det tar sin tid, fem minuter, åtta minuter, femton minuter. Tillslut öppnar Karl upp konversationen.

– *Hej*

– *Hej snygging.*

Karl tänker att han ska hålla sig lugn, flirta med Elin och se om hon föreslår en träff så han kan avslöja henne på något sätt.

Dock har han druckit något glas för mycket och går rakt in på anklagelserna.

– *Jag vet vem du är.*

Det är tyst i några minuter, Karl fortsätter.

– *Vill du inte veta hur jag vet vem du är?*

– *Berätta...*

– *Du är tjejen som mördar dina dejter.*

– *Jasså? Ändå matchar du med mig ;)*

Karl vet inte vad han ska svara, Elin fortsätter skriva.

– *Vill du inte träffas? En långsam blöt avsugning?*

Karl är full nog för att bli kåt av bara den korta meningen, Elin ser bra ut, ingen tvekan om det och tanken av att hon suger av honom går Karl igång på.

Men han måste tänka klart. Innan han hinner svara skriver Maja på snapchat:

- *Hej <3 Hur går din ensamma kväll? Hoppas du kan njuta och släppa allt kaos runtomkring.*

Karl får en liten klump i magen, skuldkänslorna kryper fram. Maja skriver hjärtan och visar att hon bryr sig om honom och han har skaffat tinder för att potentiellt knulla andra tjejer ikväll. Han skäms, Maja som är en så skön och härlig tjej, hur kan han vara ett sånt svin.

- *Bra, lagom full och mätt, spelar Fifa och bara tar det lugnt. Vad hittar du på?*

Elin skriver igen.

- *Vill du inte ha en avsugning? Vill du inte ta mig hårt bakifrån och sen komma i min mun?*

Karl sitter med munnen vidöppen, hur fan ska han svara Elin, hans kuk är stenhård men han har dåligt samvete på grund av Maja. Elin fortsätter.

- *Kom så ska jag långsamt glida ner på din kuk med min våta fitta. Kom hit ikväll.*

»Åh helvete«, tänker Karl. Han kan inte förneka att han vill ligga med Elin och samtidigt se vem hon egentligen är, varför hennes dejter försvinner. Men samtidigt har han inte mage att vara »otrogen« mot Maja även om de inte är tillsammans officiellt. Medan han tänker får han ett svar från Maja:

- Åh va härligt, om du ångrar dig angående egentiden kan jag komma förbi sen, om du vill. Vi kan ju snacka lite som sist.

Karl funderar en sekund, kanske bättre att vara med Maja och agera på de känslor han har, än att förstöra både en god vänskap men även ett potentiellt förhållande bara för ett random knull. Kan även passa på att prata med Maja om deras situation.

- *Ja, absolut, du kan komma förbi redan nu om du vill.*

- *Härligt, kommer om 15 min. Har något att berätta!*

Han svarar Elin en sista gång innan han tar screenshots på hennes profil och alla bilder.

- *Tyvärr, kanske i framtiden men inte ikväll.*

Han raderar Tinder och städar undan lite så det ser snyggt ut.

När väl Maja kommer över sitter de och myser i soffan med tända ljus på bordet som gör det hela lite mer mysigt, de kollar på New Girl och njuter av varandras umgänge. Det har blivit lite av en spänning att ses i smyg och inte säga till någon.

– Jag såg tjejen innan!! säger hon exalterat.

– Vart?!

Karl får en klump i magen igen när Maja nämner Elin.

– Hon stod utanför Ica tidigare idag, jag sprang in för att köpa snus och då stod hon vid sidan av byggnaden och väntade på någon.

– Åhfan! mumlar Karl tyst.

– Ja... hon såg inte glad ut.

– Hur såg hon ut? Arg, ledsen, död?

– Död.. eller hon såg både död och arg ut.

– Tror du att hon kanske väntade på sitt nästa offer? skämtar Karl

– Jaa! Antagligen!

Maja är uppe i varv och Karl märker att tankarna är spridda.

– Om jag får tänka lite logiskt en stund. Hon kanske bara väntade på en vän som handlade och har ett »resting bitch face«. Men det är bara en gissning.

Majas energi sjunker och hon ser klart irriterad ut. Karl funderar på om han ska berätta om Tinder och Elin eller låta det va för stunden. Innan han hinner säga något börjar Maja prata.

– Hmm. Varför ska du alltid vara så logisk? Låt mig sväva iväg med fantasin ibland, bara en gång.

– Okej, skrattar Karl. Hon väntade helt klart på sitt nästa offer, stackars den killen som matchar med henne.

De skrattar lite men inser allvaret i det och blir tysta, funderar på vad de ska prata om.

– Har Hanna skrivit till dig? fortsätter Maja.

– Nej, vadå?

– Hon skriver till mig hela tiden om att umgås och ja, det kan jag göra ibland, men inte varje dag. Har jag fel?

– Nejdå. Hon måste väl förstå att du har ett liv utanför campus.

– Inte för att jag har ett händelserikt liv direkt men ibland vill man bara koppla av, som du ikväll. Men hon vill ut och göra saker konstant.

– Nä, sånt pallar man inte.

– Jag gillar Hanna, don't get me wrong, hon är skön när man väl är med
henne. Men man orkar bara vara med henne ett tag...

– Och inte varje dag kanske?

Maja lägger sig bredvid Karl i soffan och smeker Karls bröst, han kollar
på henne och hon ger honom en kyss. Karl funderar på om han ska be-
rätta för Maja om Tinder och Elin nu då men beslutar att inte förstöra
stunden. När Maja börjar smeka honom under tröjan och klia honom
på bröstet glömmer han av Elin, han njuter av stunden och att Maja vill
vara med honom. De börjar hångla, det ena leder till det andra och de
hamnar tillslut nakna i sängen för andra gången, de båda känner en
dragningskraft mellan varandra. Varje gång de är tillsammans blir det
en kemi mellan dem de inte kan förneka.

12

NY PROFIL

(April 2019)

Det plingar på dörren, Maja sitter i vardagsrummet och skriver på en inlämningsuppgift i sin pyjamas. *Vem fan plingar på dörren nuförtiden?*, undrar hon.

Det plingar igen.

– JAG KOMMER!! skriker hon och tar på sig tofflor.

I titthålet ser hon två poliser ute i trappen, smått förvånad varför de vill prata med henne. Hon öppnar dörren och känner ändå att hon vill hjälpa dem så mycket hon kan.

– Hej, hoppas inte vi väckte dig? frågar polisen och ler.

– Oj, hej. Nejdå, jag satt och pluggade med hörlurar i, så tog lite tid.

– Förstår det, du kanske undrar varför vi är här. Du behöver inte oroa dig, vi är bara här för att ställa lite frågor, om det går bra?

– J-ja..absolut. svarar Maja.

– Som du vet så pågår det en utredning angående de killar som försvunnit på Campus de senaste månaderna, vi är medvetna om din involvering i början av allt detta, tillägger Polisen.

– Ja, jag och min kompis Hanna la ut bild på Arvid, den första killen som försvann och sen har folk bara fortsatt, svarar Maja stolt.

– Och det uppskattar vi. Men anledningen till att vi är här idag är för att det har kommit fram information angående vissa av killarna. Deras mobiltelefoner har spårats och har visat att några av dem har varit i detta området under kvällen av försvinnandet.

– Åfan! I byggnaden?? Maja är chockad.

– Det verkar så, ja. Har du hört eller sett något som kan hjälpa oss? Något bråk? Stök?

– Nej, tyvärr ingenting.

Majas mun är vidöppen och ögonen är uppspärrade av förvåning.

– Jag hade definitivt ringt er om jag hört något, fortsätter hon. Har det med droger att göra, tror ni? En langare i byggnaden?

– Vi vet inget säkert ännu, bevisen är få men vi knackar runt och frågar alla i byggnaden om de hört eller sett något. Förhoppningsvis ser vi något misstänksamt vi kan agera på.

– Absolut, det hoppas jag ni gör, fyfan. Önskar jag kan hjälpa er, ni är välkomna tillbaka om ni ska söka igenom lägenheterna också, inga problem.

– Tack. Kan hända att vi måste göra det. Om du ser något så ring, det vet du redan. säger Polisen och ler lite besviket innan de går.

***

– Vänta, vänta, vänta... så i din lägenhet? frågar Karl

– Nej, inte i-

– Nej, inte i hennes.

Hanna avbryter Maja för att berätta vad hon såg.

– När jag skulle möta Maja imorse innan vår shoppingrunda så var det en polisbil utanför byggnaden. När jag gick in i trappen kom de ner och berättade att telefoner spårats till någon i byggnaden. Men oklart var.

– Telefoner? frågar Karl.

Maja suckar och ger Karl en blick, Hanna börjar verkligen irritera dem med sitt avbrytande och jobbiga energi.

– Mm, de killar som försvunnit. Deras telefoner har spårats till byggnaden, alltså att de var i bruk ett tag i byggnaden innan de försvann.

– Fyfan! mumlar Karl. Vad obehagligt.

– Ja, väldigt. svarar Maja. Tänk om hon knackar på hos mig, vafan gör jag?

– Vi kan ha sleepover hos dig tills allt löser sig, svarar Hanna energiskt.

Maja ger Karl ännu en irriterad blick.

– Nja, då lär du flytta in hos mig, skämtar Maja smått irriterat.
– Ja, man vet ju aldrig hur länge detta pågår, men du får ju skaffa skydd eller något liknande, säger Karl.
– Ja, jo, det får jag nog fan göra.

Maja sitter tyst, med huvudet begravt i händerna. Hanna försöker komma med en idé att hjälpa Maja.

– Ska vi inte fixa en Tinderprofil och se om det faktiskt finns en tjej där? Kanske matchar med henne och får reda på att hon kanske inte alls bor där? frågar Hanna.
– Ja men varför inte. Skadar ju inte att testa. Varför har vi inte gjort det tidigare? frågar Maja förvånat.
– Bra fråga! Karl..kan vi inte starta ett konto åt dig? säger Hanna glatt.

Karl är tveksam, han vill inte att det ska komma fram att han redan haft ett konto och riskera att Elin skriver igen. Samtidigt vill han att de får fast Elin och med hjälp av tjejerna kanske det går. Inombords är han motvillig men måste låtsas vara intresserad av idén och tar upp telefonen.

– Okej, visst. Laddar ner Tinder så fixar vi det. Vet ni hur hon ser ut?
– ...nej, suckar Hanna. Men om du matchar med någon som är väldigt på att ses så kanske det är hon.
– Precis, instämmer Maja. Hon kanske ser ut som en hora eller något, ett monster som dödar killar.
– Vet vi ens att det finns en tjej där ute som mördar killar?

Karl vet till 99 procent att det finns en tjej där ute som mördar killar men han är rädd att det ska komma fram att han redan pratat med henne och varför har han inte berättat något tidigare. Hjärnan går på full gång medan appen laddas ner.

Hanna hoppar fram och sätter sig bredvid Karl för att se vad han gör men han backar undan. Karl ger Maja en blick som att säga: »fan va jobbig hon är«.

– Vänta lite, låt mig ba fixa och hitta bilder. Måste vi ha mina bilder och mitt namn? Tänk om hon ser mig ute på campus och dödar mig?
– Hmm...

Maja kollar på Hanna, han har en poäng.

– Vems bilder ska vi ta då? frågar Maja. Du måste ju se ut som dig själv
om ni ska på dejt.

– På dejt?!

Karl spärrar upp ögonen, vill Maja att han ska på dejt med Elin?

Maja ler mot honom och ger honom en flörtig blinkning, Karl är förvirrad.

– Ska jag gå på dejt med henne?

– Om du vill...

Maja är iskall, Karl trodde hon gillade honom, varför vill hon att han
ska gå på dejt?

Han kollar på henne i några sekunder för att lista ut om hon skojar
eller inte, lista ut om detta är ett test för att se om Karl verkligen tycker
om henne eller inte.

De har setts i smyg nu i några veckor utan att Hanna vet om det så Maja
kanske spelar på Hannas okunnighet. Samtidigt vill han ändå inte gå på
dejt med någon annan förutom Maja så det spelar egentligen ingen roll.

– Jag tänker inte gå på dejter, vi ta-

– Men vi borde ändå ha dina bilder, kanske inte ditt namn, säger
Hanna. Men dina bilder så du kan låtsas gå på dejt och så dyker vi
upp med polisen.

Karl kollar på Maja, hon rycker på axlarna.

– Hanna kan ha rätt Karl, vi borde ändå låtsas fixa en dejt så vi kan få
med polisen eller något. Få ut henne på något sätt.

Han skakar på huvudet men vet att tjejerna har rätt.

– Jaja, okej. Men ett annat namn...

– Lukas, klämmer Hanna fram.

– Visst, Lukas låter bra.

Karl skriver in »Lukas« och tar några andra bilder som han inte hade
tidigare i hopp om att Elin inte känner igen honom.

Han ger telefonen till Maja så att hon kan skriva en bra och lockande
text i hans bio.

– Vafan Karl, är detta de bästa bilderna du har?

– Ja, jag tror det.

– Får jag kolla? frågar Hanna.

– Nej, ge mig den, jag kollar igen.

Han får tillbaka telefonen och kollar igenom sitt kameraalbum, scrollar snabbt förbi de bilder han egentligen tycker är bäst.

– Där!! skriker Hanna till. De två bilderna är ju perfekta.

Hon pekar på bilder Karl hade i sin tidigare profil.

– Tycker du?

– Ja för fan!

Karl tar telefonen och visar Maja som håller med.

– Absolut, ta de två och två du redan har så blir det bra.

När de gjort klart »Lukas« profil börjar de swipea. Maja swipear på alla tjejer.

De börjar bli otåliga, det dyker inte upp någon tjej som ser ut att vara ett monster.

– Är det oändligt med swipes eller har man bara några få? frågar Maja.

– Jag tror det kanske är 15 stycken sen får man vänta ett tag.

Precis när Karl säger det så dyker Elin upp och Maja stannar till.

En av bilderna är en selfie som Elin tagit när hon ligger på sängen framför en spegel. Med tatueringarna På kroppen och iklädd i bara trosor sticker rumpan upp bakom henne. Hon lyses upp av rosa och ljusblå neonlampor från rummet

De kollar på hennes bilder och kommer fram till den med sexleksakerna på väggen, Elin håller i en stor lila dildo och har en kåt blick med väggen bakom sig. Hon ser hungrig ut av att kolla på dildon, en väldigt populär bild som killarna nappar på direkt.

– Här har vi henne, säger Maja tyst. Elin...

– Jävlar, säger Hanna överraskad. Swipea höger så får vi se om vi får en match.

Maja gör som Hanna säger och ger Elin en like.

Inget... antalet swipes har tagit slut och de går tillbaka till att skriva inlämningsuppgifterna och väntar, ingen match.

Det dröjer inte alls länge innan de får matchningar, fem-sex matchingar på inte ens tio minuter och varje matching ger dem glädje men tyvärr är ingen av dem Elin.

Hanna sitter med sin telefon och scrollar instagram, Maja är inne på snapchat, ingen av dem har lust att skriva längre, fokus är på Karl och Tinder.

Det tar ytterligare fem minuter och sen händer det, Karl matchar med Elin.

De hoppar upp allihopa och skriker av lycka, de andra studenterna kollar mot grupprummet där de sitter förvånande, Maja vinkar åt dem för att visa att allt är lugnt.

– Förlåt!

– Vi måste skriva något, säger Hanna och tar telefonen.

Innan Hanna ens hinner komma på vad de ska skriva så öppnar Elin upp konversationen med sitt vanliga:

»Hej snygging«.

»Hej«, svarar Hanna.

»När vill en snygging som dig komma över och leka lite? ;) » frågar Elin.

Hmm, konstigt att hon inte nämner att hon känner igen Karl, hon kanske inte minns honom, vilket Karl är tacksam över men han tycker ändå det är konstigt.

»Oj oj rakt på sak, när vill du ha mig?« fortsätter Hanna.

»Imonkväll, naken i min säng så jag kan ge dig en oljig massage». Elin är inte blyg.

Hanna, Maja och Karl är förvånade över hur på hon är, de fnissar som små barn.

»Absolut, ska vi leka med dina leksaker då?« skriver Hanna.

»Jag leker hellre med den du tar med dig«.

Hanna och Maja tycker det är jättekul, Karl är synligt nervös över att detta, att han kanske måste gå på dejt med Elin. Hanna blir tyst i några minuter medan hon skriver med Elin, hon är inne i konversationen, glömmer att de ska försöka få fast Elin.

– Jag kan förstå att killar vill träffa henne, helvete vad hon är flörtig

och öppen med att knulla. Nästan så jag blir kåt och vill träffa henne.
Du ska träffa henne imorgon kväll, Karl. Hemma hos henne 19.00.
– Absolut inte, vill hon ses är vi ute någonstans bland folk.
– Vi kommer följa med dig, försäkrar Maja.
– Vi står utanför dörren hela tiden och när du börjar känna dig orolig
skriver du till oss så knackar vi på. Det viktiga är att vi får reda på
vart hon bor, säger Hanna ivrigt.
Karl ser väldigt orolig ut, hans ögon går som pingisbollar när han kollar
ner på bordet, inne i sina tankar. Maja sträcker sig fram och tar hans
hand.
– Oroa dig inte, vi låter inget dåligt hända dig, jag lovar.
– O-okej då... fan.
Han lägger till Elin på snapchat så de kan fortsätta skriva och så hon
kan skicka nakenbilder till honom på kvällen.
Klockan 16 är de klara på bibblan och rör sig hemåt.
Karl går med Maja en bit för att vara ensam med henne en liten stund.
– Du vill inte följa med hem då? Laga mat tillsammans, kolla film, se
vad Elin skickar ikväll.
– Önskar jag kunde men måste verkligen hem, har tvättid och dans-
lektioner ikväll.
– Baletten?
– Ja, precis, förlåt men måste dit.
– Självklart att du ska gå, vi hörs ikväll efter dansen då.
– Absolut.
De ger varandra en kyss och går sina vägar.

***

Dagen efter är det dags för Karl att gå på dejt med Elin. Hela kvällen har
hon skickat nakenbilder för att göra Karl taggad på deras dejt. Maja är
hemma hos honom och hjälper honom med vad han ska ha på sig, de
äter Max och kollar på Modern Family tillsammans.
– Så, när hon försöker ligga med dig, vad gör du?

– Säger att jag inte vill. Jag vill bara umgås och lära känna henne, ska
   jag säga.
– Tror du hon köper det? Med alla nakenbilder hon skickat.
– Hmm, det har du rätt i. Jag får bara kämpa emot och hoppas hon inte
   våldtar mig eller drogar mig.
Maja märker att Karl är väldigt nervös inför dejten och är synligt opep-
pad på att ha tvingats gå på den. Hon försöker trösta honom.
– Ja, smart! Andas lugnt bara, jag märker att du är nervös. Andas in
   och ut efter mig.
Hon ställer sig tätt intill Karl, lägger ena handen på kinden och den
andra på hans bröst, hon andas lugnt och försöker få honom att matcha
henne. De kollar in i varandras ögon och efter några andetag lugnar
han sig.
– Drick inte något hon ger dig, har du vin du kan ta med?
– Ja det har jag men jag vill inte dricka något med henne.
Mitt i deras pratstund skickar Elin en snapchat, ingen nakenbild denna
gången. Bara en svart ruta där hon skriver »Får ställa in ikväll snygging,
får ses en annan gång« och en pussmun. Karl visar Maja bilden, de båda
kollar på varandra förvånade och besvikna men Maja ser på Karl att
han är lättad att Elin ställde in.
– Kom, lägg dig här.
Maja lägger sig på soffan och öppnar upp armarna så Karl kan krypa
ner bredvid henne.
– Vad gör vi nu då? frågar han.
– Vi väntar på att hon ska skriva igen antar jag, säger Maja.
Karl tar av sig tröjan han skulle ha på dejten, lägger sig bredvid Maja
och kramar henne.
– Tror du hon backar undan nu? Slutar döda människor.
– Vi vet inte om det är just *hon* som dödar, säger Karl. Men man kan ju
   hoppas att hon slutar isåfall.
Hon kramar honom som den stora skeden en lång stund och visar att
han inte är ensam, hon finns alltid där för honom. Karl vänder sig om
och drar in henne tätt intill sig och ger henne en puss på halsen.

– Om det finns en tjej där ute som dödar så vet vi inte ens om detta är
rätt tjej, viskar Karl.
– Kom igen...det är klart det är rätt tjej, ett jävla psycho ju.
– Vi får se.
– Mm...

13

PASCAL

(April 2019)

Det är nu slutet av april och påsken är nära, Elin längtat till detta väldigt länge, äntligen är det dags att välkomna in våren. Polisen har lagt ner sitt span i Alvesta, de bevis som hittats har tagits in för analys och de väntar på något storslaget resultat. På campus patrullerar väktare fortfarande runt men polisens kvällspatrull har minskat, nu är det bara två till tre gånger i veckan och inte så speciellt länge.

Efter cirka en månad av att ligga lågt och tråkiga dejter är det äntligen dags att gå tillbaka till det Elin vet bäst. Hon har haft några killar på tråden som hon sett fram emot att bjuda hem, de hon haft på tråden ska vevas in.

En kille som hon märkt är ett speciellt byte och som hade varit perfekt för hennes påsk-ceremoni är Pascal. Pascal är en ung 19-årig kille, lång, smal, blond med polsk bakgrund, har bott i Sverige i tio år och studerar till civilingenjör.

Ryktet om Elin har spridit sig ännu mer och många misstänker att hon bor på campus, vilket är bra för Elin då släpper killarna garden lite när hon bjuder hem dem till andra sidan Växjö, de blir inte lika nervösa. Hon har bytt ut några bilder på Tinder till »snällare« bilder så att killar inte blir misstänksamma direkt. Några killar har skrivit till henne om morden så nu vill hon testa något nytt, hon lockar till sig olika sorters killar, kåta, gymkillar, äldre män och några vanliga och blyga killar. Pascal är en av dem, snäll och oskyldig. Han är väldigt försiktig och rädd när han skriver med Elin, han ifrågasätter varför hon är så framåt med att träffas, varför hon är så snuskig av sig, vad hennes tatueringar betyder och en hel del andra frågor. Pascal letar inte efter någon att knulla, han letar efter en framtida partner.

Det gör Elin ännu mer intresserad, nu är det inte ett vilset rådjur som bara vill knulla och springer blint in i hennes armar. Nu är det en riktig jakt, hon måste vara strategisk, försiktig, manipulativ, allt för att ge Pascal sin tillit och få hem honom lagom till påsken, hon älskar det.

De utbyter snapchats och Elin börjar skicka bilder hon aldrig skickat innan, vanliga vardagliga bilder på sin frukost med en »godmorgon« text. Hon frågar om Pascals liv, intressen, vardagliga sysslor. Han börjar ringa henne och de pratar i telefon i timmar vissa kvällar, de har mycket gemensamt, det är iallafall vad Pascal tror.

– *Du är enkel att prata med, jag gillar det,* skriver Elin.

– *Du också, väldigt öppen och ärlig till skillnad från alla andra tjejer.*

– *Ja, hihi, känns skönt när man kan vara ärlig utan att känna att man blir dömd.*

– *Förstår dig, du kan alltid lita på mig.* skriver Pascal.

Elin öppnar upp om ett liv hon är bekväm att beskriva, ett liv med dåliga föräldrar, ingen kärlek och dåliga tidigare partners som utnyttjat henne vilket resulterar i en svårighet med tillit. Ett sådant liv Pascal relaterar till med sina invandrarföräldrar som inte visar känslor och har varit hårda mot Pascal hela hans barndom.

Elin vet att invandrarföräldrar och föräldrar överhuvudtaget inte är lika bekväma med att visa sina känslor som dagens generation är, de agerar i aggression istället för att prata ut och Pascals känslor kom aldrig på tal.

Detta utnyttjar Elin till fullo, det enda Pascal behöver är någon som visar empati och lyssnar på hans problem, någon som visar att hon finns där och inte dömer honom.

När de pratar i telefon är det mycket fokus på Pascal, komplimanger och beröm ganska ofta, hon frågar hur han mår och vilka problem han stöter på under dagen. Han berättar ibland att skolan är svår och han inte får någon support hemifrån så Elin agerar ofta psykolog. Med små kommentarer utspridda här och där försöker Elin få Pascal att stöta bort sin familj helt och hållet, den lilla kontakt han har med dem blir mindre.

– *Vad säger din mamma om att du börjat röka?*

– Hon vet inte om det, hon hade dödat mig, svarar Pascal irriterat.

– Ah, kan förstå det. Hennes guldpojke får inte göra något dåligt.

– Äh sluta nu, hon bestämmer inte över mig, jag är vuxen nu.

– Jag skojar bara, babe. Du gör som du vill.

– Jag stör mig på att det alltid ska vara en fin bild utåt. Pascal har toppbetyg, Pascal är civilingenjör, Pascal ska tjäna bra pengar. Men så fort jag vill göra något utanför dom mallarna så behandlar de mig som deras fånge. Jag får inte gå ut och festa, jag får inte röka, jag är svag om jag går i terapi. Bara plugga, skaffa ett bra jobb och gifta mig.

– Vi drar iväg efter examen, bara vi två, vi gör vad vi vill, ingen kan styra och bestämma över oss.

– Det hade varit underbart.

De har pratat i nästan två veckor men har inte träffats ännu, deras kontakt har bara varit via meddelanden eller telefonsamtal. Även om de bor i samma stad så har något alltid kommit i vägen, Elin har försökt försiktigt men Pascal är tveksam.

Han vill träffas och aspekten av att skaffa flickvän och potentiellt gifta sig för att göra föräldrarna glada styr honom ganska mycket, dock är det fullt fokus på skolan och göra föräldrarna stolta vare sig han vill eller inte.

Elin vet att det är hennes sätt att kunna övertyga honom att ses, övertyga honom att hon är flickvänsmaterial och ge honom självförtroendet att gå sin egna väg, utan föräldrarnas bekräftelse.

Hon gör ett försök:

– Jag har en idé, skriver hon. Första gången vi träffas borde vara speciell.

– Jasså? Vad tänker du?

– En liten smakbit av det vi skrivit om, att vi ska försvinna själva och bilda familj. Jag tänker att vi kan åka iväg över påsken, lördag morgon till söndag kväll. Mina föräldrar har en stuga, lite utanför Växjö vi kan vara i.

– Påsken? Jag vet inte, jag brukar fira med familjen.

– Inte ens bara över dagen? Det hade varit trevligt att komma iväg bara vi två, kanske en kväll då?

– Jag får kolla med föräldrarna när de tänkt fira, men det låter kul.

– Nu gör du det igen, Pascal.

– Vadå?

– Du låter andra styra dina livsbeslut, du skulle ju inte göra det.

– Nejdå, det är bara att vi alltid firar påsk tillsammans, familjen samlas.

– Är det något du gör för du vill eller är det något du gör för du måste? För det är tradition?

Pascal svarar inte på några minuter, han har läst Elins meddelande.

Elin känner att hon har honom på kroken, hon har satt spår i hans tankesätt.

Tiden går och Pascal svarar inte, Elin skickar ut ett sms för att lugna honom.

– Förlåt, jag ville inte attackera dig, jag vill bara vara med dig.

– Vänta.

Det går ytterligare några minuter av tystnad innan Pascal skriver igen.

– Pratade precis med mamma på telefon. Hon tyckte det var konstigt att jag ska umgås med en tjej jag aldrig träffat innan istället för att vara med familjen.

Elin hinner inte ens börja svara innan Pascal fortsätter skriva och det verkar vara en lång text.

– Men jag måste väl få göra mina egna beslut? fortsätter han. *Ska jag alltid göra som dom vill och pausa mitt liv? Jag sa åt dom att jag inte kan komma hela helgen och då började dom skrika och mamma började nästan gråta för hon tycker jag sviker henne. Jag är bara borta lördagen liksom.*

– Hon försöker manipulera dig genom att ge dig skuldkänslor.

– Varit så hela mitt liv, Jag vill kanske skapa egna traditioner, då får de respektera det, väl? Eller har jag fel?

– Nej, det har du inte. Jag tycker du gör helt rätt. Du lever ditt liv, inte deras.

– Vi drar! Fuck it, när åker vi?

– Åh vad glad jag blir!! Jag kan komma till dig på fredag kväll om du vill, så kör vi ut till stugan lördag påskafton. Stannar vi till söndag eller vill du åka hem på kvällen? Hur tänker du?

– Vi stannar till söndag, låter jättebra.

– Ååh va kul!!

Dagarna går och fredagen närmar sig, Pascal är taggad på att träffa Elin, de har bestämt att de ska laga mat tillsammans fredag kväll och bara umgås för första gången. Han har städat sin lilla etta in i minsta detalj, inget damm någonstans, nytvättade fönster, nya påslakan, han har köpt doftljus och rengjort toan till perfektion, precis som hans mamma hade gjort.

Dock är det någon i bakhuvudet som stoppar hans entusiasm, en rädsla och osäkerhet, vissa kallar det sunt förnuft och vett. Han ska träffa en tjej han egentligen knappt känner, under en period då killar försvinner hejvilt, ryktet om att de har försvunnit när de varit på dejt undviker inte Pascal heller.

Pascal frågar en klasskompis om han kan fixa något han kan skydda sig med ifall det går åt helvete på dejten, »*Man kan aldrig vara för försiktig*«, säger han till klasskompisen.

På fredag förmiddag när Pascal städar och förbereder lägenheten ringer det på dörren. Han kollar i titthålet och ser sin klasskompis Alex, Pascal öppnar och Alex kommer in snabbt, nästan pressar sig in förbi Pascal.

– Tjena, jag har fixat något till dig, säger Alex lite andfådd.

– Jasså? Vad?

Alex tar ut en 9mm Glock pistol som han håller ut så Pascal kan kolla på den.

– Jag kunde inte ringa dig ifall det spåras.

– Vad i helvete, Alex!! Är du sjuk i huvudet eller?! Vafan ska jag göra med den? viskar Pascal aggressivt.

– Skydd? Du sa ju att du behövde skydd om det går åt helvete?

– Ja men jag ska inte döda någon.

– Nej det hoppas jag inte heller men du sa att saker kan gå fel? Hur ska jag tolka det? Att du behöver en stor träslev som du kan slå henne på fingrarna med?

– ...nej, kanske inte.

– Lyssna, ta den, jag har fem kulor också. Du kan få hyra den.

– Hur mycket?

– Över helgen bara?

– Aa, fredag till söndag, antar jag.

– 800kr

– Helvete...

– Du kan betala det när studiebidraget kommit igen, det är inga problem.

– Ah okej, det låter bra. Säger Pascal tveksamt.

Alex ger honom pistolen och kulorna och går snabbt. Pascal lägger in den i sin väska och går snabbt vidare, det känns tungt i själen att veta att han har en pistol hemma, han mår lite illa. Efter en stund av städning tar han nervöst upp den ur väskan och kollar på den. Han övar på att sikta och håller den framför spegeln för att bli bekväm med den, den växer på honom, han känner sig tuff.

***

På kvällen plingar det på dörren, Pascal öppnar nervöst och där står Elin, precis som på bilderna. Blont hår, lite e-girl inspirerad outfit med kjol och långärmad, tight tröja. Inte lika sminkad som på bilderna men det är väl förståeligt, hon kan inte gå runt så hela tiden. Hon ger honom en lång och varm kram när hon stiger in och sätter sig sedan på soffan, Pascal känner att han redan nu blir kåt.

Kvällen går framåt, de lagar och äter tacos tillsammans, kollar på film och myser i soffan, pratar om allt möjligt, som om de känt varandra i år.

– Det känns så konstigt att vara med dig på riktigt, säger Elin. Så overkligt att äntligen träffas och prata.

– Det känns som vi känt varandra hela livet.

– Ja, eller hur, så naturligt.

Elin ligger med huvudet på Pascals bröst, hon känner att hans kuk har blivit hård och hon fortsätter »råka« gnida sig mot den när hon rör på sig.

I garderoben under kalsongerna har Pascal gömt pistolen, laddad och redo att användas även om han inte alls vill använda den.

Elin leker med Pascal och tar honom på kuken lite då och då men inget mer, de hånglar länge och han smeker hennes bröst men hon stoppar honom varje gång Pascals händer rör sig ner in under kjolen.

– Vi väntar till imorgon, viskar hon.

Hon vill inte att Pascal ska tänka klart, han ska tänka med kuken och bara följa efter Elin, lyda henne.

Lördag morgon vaknar de och är redo för utflykten, Pascal är fortfarande lika kåt som han var kvällen innan och ser fram emot utflykten mer än någonsin.

Han packar sin väska och velar om han ska packa ner pistolen eller inte, det gör ont att behöva tänka i de tankarna om Elin. Hon har varit en underbar person, inga tecken alls på att hon är någon som kan eller vill döda honom. Hon har bara visat kärlek och värme, tagit hand om honom och funnits där för honom.

Men Pascal hör sin mammas röst säga att han ska vara försiktig, inte vara dum och naiv, han ska till en stuga med en random tjej. Pascal kollar på pistolen ett tag medan Elin gör sin grej i badrummet, han beslutar sig för att den ska med och gömmer den mellan kläderna.

Vid 10-tiden kör de ut mot Alvesta, Elin kör Abels bil och Pascal sitter bredvid, nervös men taggad. När han sätter sig i bilen nämner han att det luktar konstigt i bilen, Elin håller med och säger att det är hennes kompis bil och jobbar på en betongfabrik, arbetskläderna stinker. De kör igenom Alvesta och fortsätter bort mot Vislanda.

De kör i ca 30 minuter och pratar om allt möjligt, Pascal ser sig om emellanåt och känner igen sig lite då han har varit i Alvesta ibland och bytt tåg när han ska hem till föräldrarna, men han har aldrig kört de vägarna Elin kör på. De kör igenom Alvesta och vidare mot Vislanda, Pascal får en nervös klump i magen och ju längre Elin kör desto mer nervös blir han. *»Vart för hon mig?«* tänker han när de kör på en lång väg omringad av tjock skog. Elin saktar ner och svänger in på en grusväg strax utanför Vislanda, på en lång grusväg djupare in i skogen.

Pascal ser sig om och det är bara tomma stugor utspritt bland träden, nästan om en övergiven liten ort. Tillslut anländer de till ett ganska stort vitt hus på högra sidan av vägen, ett trevåningshus verkar det vara med en stor gårdsplan med två stora träd utspridda väldigt fint. De parkerar på en hemmagjord parkering framför, vad Pascal anser vara, en ladugård. Huset är gammalt och verkar inte ha använts på länge, när de stiger in känner han stanken av instängt och det är damm överallt.

Elin visar Pascal till det rum de ska sova i, huvudsovrummet som *Mor* och *Far* brukade sova i. Väggarna är vita och ser väldigt gamla ut, nästan förfallna av mögel, golvet är av brunt gammalt trä som knarrar när de går på det. Pascal känner att det kanske är en källare under med tanke på hur ihåligt det låter när han går.

På de vita gamla väggarna hänger det ännu äldre tavlor, porträtt av gamlingar, familjebilder från 70- och 80-talet, vissa lite nyare men ändå gamla.

– Är det din familj? frågar han och går fram till en av tavlorna.

– Ja, det är min farfar, bilden togs när huset byggdes.

På bilden står *Far* i blåa jeansshorts, utan tröja och med en planka i handen, glad och svettig. Tonen i Elins röst har blivit lite smått dryg, märker Pascal.

– Finns det bilder på dig?

– Någonstans borde det nog finnas. I köket kanske.

Det gjorde det, i köket fanns det en gruppbild på alla barnen tillsammans med Lisa och *Mor*. Det finns även skolfoton på barnen utspridda lite överallt.

– Där, säger Elin och pekar på en bild.

– Oj, det ser inte ut som du.

– Nej, jag har nog åldrats lite, säger hon och skrattar.

– Åldrats bra, svarar Pascal och blinkar flörtigt.

– Eller vill du hellre att jag är en liten flicka? Det kan vi ordna.

Elin går tätt in på Pascal och nästan gnider sig mot honom och viskar förföriskt.

– Vill pappa ha en stygg liten flicka?

Pascal fryser på plats, han vet inte vad han ska svara, allt blod har gått ner till kuken och han kommer inte på ett enda ord att säga. Elin fnissar och fortsätter in i huset visslande på »Himlen är oskyldigt blå«. Plötsligt blir hon tyst, slutar viska mitt i melodin.

– Vad händer? frågar Pascal.

Han går ut i hallen och ser att Elin står helt stilla och håller ett foto i händerna, hon står läskigt stilla, hon varken blinkar eller andas.

Pascal går långsamt fram till henne för att inte skrämma henne.

– Vad kollar du på? viskar han. Mår du bra?

– Mm...

När han ställer sig bredvid henne ser han att hon håller i ett foto på en liten tjej, en lite äldre kille och två gamla människor. De två äldre människorna sitter på varsin stol, det är sommar och bakom dem är det en grill och ett av de stora träden han såg utanför. I knät på den äldre kvinnan sitter den lilla tjejen och på den äldre mannen sitter den lilla pojken. De är glada, man ser att tjejen skrattar och killen håller i en kyckling som han glatt håller upp mot kameran.

De äldre ler också, vad Pascal kan se så är bilden tagen i trädgården där utanför.

– Är det dina morföräldrar?

– Titta så glada vi var, viskar Elin.

Vad han har förstått så är det Elin och hennes storebror på bilden med deras morföräldrar och med tanke på hur mycket den verkar påverka Elin så saknar hon nog dem. Hon släpper inte blicken från tavlan. Pascal fortsätter att försöka få fram ett svar även om han egentligen inte vill ha ett svar, men det börjar bli obehagligt att se Elin så tyst.

– Är det din bror?

Hon svarar inte. Plötsligt hör Pascal att en bil kör upp till gården och parkerar

Elins dystra och stela ansiktsuttryck förändras till ett leende men blicken kvarstår på fotot.

– Ska det komma fler till stugan?

Pascal blir smått nervös, vad fan har Elin planerat egentligen?

Hon hänger tillbaka fotot på väggen och går tillbaka mot köket och ställer sig framför fönstret, kollar ut mot bilen. Pascal går till rummet och kollar i väskan, pistolen är fortfarande där, han tar ut den och gömmer den i byxkanten under sin tröja.

Han går ut till köket och där står Elin kvar, tittar ut genom fönstret mot bilen.

– Vad kollar du på? Vem har kommit?

Elin vänder sig om och kollar på Pascal, en obehaglig blick, en kall blick, hon tar tag i hans händer och kramar dem mjukt.

– Nu kan vi börja.

– Börja vad?

Elin släpper Pascal och går iväg.

– Vad ska börja?! ropar Pascal nervöst.

I bilen sitter Abel och kollar på Pascal. Pascal ser en stor, muskulös och likblek kille som sitter och stirrar på honom. Pascal går till vardagsrummet där Elin håller på att byta om till en svart rock.

– Vad har du på dig? Vem är killen där ute? Vad ska vi börja med?

– Vi ska välkomna våren, en påsktradition.

– Vad innebär det? säger Pascal med en huttrande och nervös röst.

Elin vänder sig mot Pascal, hennes attityd har förändrats, hon säger inget men blicken i hennes ögon är nu själlös. Inte alls samma glada, kärleksfulla Elin han umgåtts med och lärt känna.Paniken i Pascal kryper fram, han kallsvettas och får svårt att andas, vad har han gett sig in på.

Dörren till huset öppnas och Pascal hör fotsteg som kliver in.

Pascals kropp börjar smått skaka av nervositet, händerna svettas och blir iskalla.

Elin kommer närmare och smeker hans kind och ler mjukt.

– Oroa dig inte älskling, det kommer gå snabbt.

Hon rör sig mot köket, iklädd i den svarta rocken av silke med en lång huva hängandes. Pascal kollar sig runt om och märker att flera bilder har folk i svarta silkesrockar på sig, gamlingar som står bakom barn. Han lägger märke till ett kors som hänger uppochner över köksvalvet.

Abel står vid dörröppningen mellan kapprummet och köket, kraftig och lång täcker han nästan för hallen bakom sig, han kollar på Pascal med sin döda blick. Allt går så fort, Pascal känner sig yr, det känns som rummet börjar snurra och små prickar täcker hans syn.

Skakigt plockar han upp pistolen ur byxan.

– V-v..vänta. Stopp.

Elin vänder sig om och ser pistolen i Pascal skakiga händer, hon går långsamt närmare, steg för steg med en hjälpande hand utsträckt.

Pascal riktar pistolen mot honom och börjar andas väldigt högt och fort, Abel kollar honom rakt i ögonen och visar inte ett tecken på rädsla med sitt stela ansiktsuttryck.

Elin närmar sig Pascal som riktar pistolen mellan henne och Abel men är för rädd för att skjuta, fingret vill inte trycka på avtryckaren, han har inte kraften att trycka.

Elin sätter försiktigt sin hand på pistolen och Pascals hand, trycker ner den mot golvet och går in tätt intill honom. Hon lägger sedan sin han på hans kind och begraver sitt ansikte i hans hals, ger den en puss, drar ner Pascals huvud till sig och ger honom en puss på kinden. Abel kommer fram till dem, Elin tar pistolen, sträcker armen bakåt och ger honom pistolen. Hon går sedan ut ur köket och ner mot källaren, Pascal står fortfarande still och gråter tyst.

Abel kollar på pistolen ett tag, den är lättare än vad han trodde den skulle vara, metallen är varm och avtryckaren är hård, redo för att skjutas.

– Kom!! skriker Elin från källaren.

Abel vaknar upp ur tankarna och rör sig mot Pascal, han tar tag i honom och för honom mot källaren.

När de kommer till dörren som leder ner till källaren armbågar Pascal Abel i revbenen och försöker springa, Abel tappar luften och hukar sig i några sekunder medan Pascal springer mot ytterdörren, förbi den långa hallen, förbi sovrummet, igenom köket och till det lilla kapprummet vid ytterdörren. Pascal försöker öppna dörren men den vill inte öppnas, han fifflar med låset fram och tillbaka men det fungerar inte, Abel måste ha låst den på något konstigt sätt.

Pascal drivs av ännu mer panik, händerna svettas och han hör sina egna hjärtslag.

Han rycker och drar i dörren med all sin kraft, trycker på med all sin kroppsvikt men den rör sig inte. Tillslut faller han ner på golvet framför dörren och accepterar sitt öde, ansiktet dränks med tårar och han begraver huvudet i sina armar.

Plötsligt känner han en stark hand som tar tag i hans nacke och drar upp honom, som förväntat är det Abel som drar honom ner mot källaren.

Bokhyllan står öppen, Pascal förs ner för en mörk korridor och in till ett rum med lyktor på väggarna och röda gardiner längs med väggarna, smutsiga och dammiga gardiner. I mitten står ett stort gammalt bord med svarta fläckar på, under bordet, inristat på golvet, är en djävuls symbol, Baphomets sigil som även det är fullt av damm. På andra sidan bordet står Elin i sin svarta rock med huvan över huvudet, bredvid henne står en stor staty, en svart djävul som tycks övervaka rummet.

Abel puttar Pascal till bordet och tvingar honom att lägga sig på det.

Elin går fram till Abel, ger honom rep och visar med huvudet att han ska knyta fast Pascal. Abel kollar på repen och sedan på Elin, han är tveksam. Utan att säga något kollar han på Elin med ett hundliknande ansiktsuttryck, blicken går mellan henne och repen i hans händer, undrandes om det verkligen är nödvändigt.

– Vi måste ge honom en själ, det vet du, viskar hon och klappar hans kind.

Pascal ser hur Elin håller i Abels hand och smeker den sakta, viskar något till honom, hon tar sedan upp handen och suger långsamt på hans långfinger. Abel blundar och verkar njuta. Pascal hör hur hon säger:

»För min skull, storebror, så vi kan var lyckliga igen. Som när vi var barn.«

Vad i helvete händer, undrar Pascal. Varför gör hon så med sin storebror?

Hur jävla sjuk är hon? Så många frågor i Pascals huvud.

Abel tar repen och knyter fast Pascal som ett kryss medan Elin ställer sig vid podiet bakom Pascals huvud och börjar prata på ett konstigt språk.

Hon pratar högre och snabbare, Pascal gissar att hon ber men han vet inte på vilket språk. Han kollar på den stora svarta djävulen som står

snett bakom honom, sedan kollar han på Elin och hennes bror, detta
är de sista minuterna av hans liv och han vet det. Han skulle lyssnat på
sin mamma och firat med familjen, en tjej han aldrig träffat vill bjuda
med honom till en stuga mitt ute i ingenstans, han var för naiv och nu
får han betala för sin idioti.

När Elin ber klart går hon ner från podiet och tar upp en kniv, Abel
sliter bort Pascals tröja, Pascal skriker och försöker slita sig bort.

– NEJ! VÄNTA! SLUTA, SLUTA!! VÄNTA! ELIN!! VÄNTA! SNÄLLA!
STOPP! ELIN!! SNÄLLA! SLUTA! SNÄLLA!! MAMMA!! MAMMA!!

Elin tar kniven och skär upp Pascals mage, hans skrik fyller inte bara
källaren utan hela huset.

– AAAAAAAAAAAAAH!! SLUTA!! SNÄLLA!! ELIN!! SNÄLLA!!
Elin tar en näve blod och sörplar upp det som hon sett de vuxna göra
när hon var barn, hon spottar ut det på djävulens staty och ber en vers.
Hon skär sedan lite till, Pascal skriker lika mycket, hon tar en näve blod,
sörplar den och spottar ut den över Abel och ber samma vers. Som av-
slutande gest tar hon en sista näve blod, sörplar upp det och spottar ut
det på Pascals ansikte.

Elin ber en längre vers, högt och kraftfullt. Hon vänder sig till djävu-
len och ber högre.

När hon bett klart går hon fram till Pascal som ligger blodig, gråtan-
des och kämpandes för sitt liv. Elin ger honom en blöt och blodig kyss
samtidigt som hon långsamt skär upp hans hals och tar åt sig all den
rädslan och energin Pascal ger ut innan han blöder ut och dör.

14

DUBBELDEJT

Maja sitter i en random killes soffa någonstans i centrala Växjö, vart vet hon inte riktigt. Hanna har släpat med henne på en dubbeldejt, mer som en blinddejt. Hanna har börjat skriva med Sebastian, en kille hon träffat på sitt nya jobb som telefonförsäljare. Ett rikemansbarn utan något bakom pannbenet än aktier, pengar och märkeskläder, drinkbord är viktigt också, har Maja förstått. Hon följde med Hanna för att vara snäll och för hon kom inte på en bra ursäkt att stanna hemma, så nu sitter hon med Sebastians kompis Anton som försöker få till ett ligg med Maja.

De sitter i varsin sida soffan, Sebastian och Hanna myser med varandra och Anton försöker mysa med Maja i andra änden men det går inte bra.

Maja vill hem, hon är trött på att behöva låtsas skratta åt killarnas torra skämt om deras kompisar som ingen känner och trött på att låtsas vara intresserad över deras Padelspel.

Vanligtvis hade Maja avslutat dejten för längesen men Hanna verkar vara intresserad och hon orkar inte höra på hennes tjat framöver om hon skulle förstöra detta för henne. Maja låtsas dricka vinet och när ingen ser spottar hon ut det i chipspåsen hon håller i knät, de andra blir allt fullare för varje kvart och tiden går långsamt. Anton håller om Maja och kliar henne på ryggen, Maja skrynklar ihop sig som en boll och skyddar sina bröst och fitta, allt han kan ta på ska försvaras. Varje gång han försöker komma in med handen mot brösten kniper Maja ihop armen så han inte kommer in. Han försöker ge henne en puss men lyckas bara komma åt pannan eller tinningen på henne lite stelt. Att han inte förstår Majas tydliga signaler att inget kommer hända, det är som om han bara har seende i kuken och ser bara en sak framför sig, oavsett hinder.

– Ska vi inte gå in till sovrummet, du och jag? Låta de två va ensamma
en stund?

Anton ger Maja en full blick, ögonen knappt öppna och hon känner sig
full bara av att känna hans äckliga andedräkt i näsan. Maja är obekväm
men hon tänker absolut inte gå till sovrummet med Anton. Hanna ger
henne en blick som att säga »snälla låt mig va lite ensam med Sebastian«
men Maja frågar i allafall och ger henne möjligheten att dra sig ur utifall
Hanna känner sig för obekväm för att säga nej.

– Det börjar ju bli ganska sent och vi måste plugga imon, ska vi röra
oss hemåt kanske?

– Äsch! Vi hinner plugga, oroa dig inte, ta lite vin, svamlar Hanna och
tar sitt glas.

Maja känner sig irriterad, irriterad över Hannas idioti och kåthet, att
hon inte ser vilka idioter killarna är. Men visst, vill Hanna ligga så ska
hon få det, Maja får bara vara vaksam så det inte går fel.

– Vi kan sätta oss i köket, men inte sovrummet, svarar Maja.

– Oj, så dryg? skämtar Anton. Jo men absolut, vi går till köket.

Han tar en flaska vin och går till köket och Maja följer efter, hon ger
Hanna en sista blick och Hanna ger henne ett berusat leende tillbaka.

Maja sätter sig på stolen närmast dörren ifall något skulle hända och
Hanna behöver hjälp och tyvärr sätter sig Anton på stolen bredvid. Han
uppfattar inte hur närgående han är och Majas personliga space tänker
han inte på när han andas henne rakt i ansiktet och pillar på hennes
hår. Maja stöter bort handen några gånger och försöker fortsätta kon-
versationen för Hannas skull, trots obehaget.

Han greppar tag i Majas ansikte och börjar kyssa henne men Maja
puttar undan honom och ställer sig upp ur stolen, Anton gör likadant.
Han är synligt förvånad över Majas reaktion, som om Maja är den enda
tjejen som nekat hans äckliga kyss.

När hon vänder sig om för att gå till vardagsrummet och ropa på
Hanna greppar Anton tag i hennes arm och drar in henne i köket med
en kraft.

– Hanna!!

Maja ropar från köket i hopp om att Hanna hör henne men får inget svar tillbaka, musiken spelas högt i vardagsrummet och blicken i Antons ögon är läskiga. När hon försöker knuffa sig ut tar Anton tag i hennes hals och börjar återigen kyssa henne, Maja knuffar bort honom igen, hårdare denna gången.

Anton blir riktigt sur och Maja hinner bara ta ett steg mot hallen innan hon träffas av en hård örfil och faller över bordet. Plötsligt blir allt så overkligt, hon känner sig ensam med ett monster och ingen kan höra henne, tiden går långsamt och i Majas huvud går i hundra olika tankar på vad hon ska göra härnäst. Vinflaskan trillar ner på golvet så golvet fylls av glas och vin, Maja ställer sig upp och tittar på Anton som har en mörk blick i ögonen.

Ska hon slå tillbaka, skrika igen, skära honom med en bit av glasflaskan? Många scenarios i huvudet men tyvärr verkar alla leda till att Anton slår henne blodig innan någon hjälper henne. Någonstans måste hon dock visa att hon inte tar skit, att Anton inte kan trampa på henne, så Maja går mot honom och ger honom en snabb örfil tillbaka. Nu står de båda tysta och kollar på varandra, hon försöker lista ut vad Anton ska göra och på något sätt förbereda sig, men Anton är för snabb och tar tag i hennes hals samtidigt som han slänger sig på henne, andra handen greppar han tag i hennes hår. Maja skriker och försöker slå sig fri, ingen verkar höra vad som pågår, hon är ensam och det hade inte förvånat henne om Anton hade slagit ihjäl henne.

This is it, liksom, Maja skriker igen fast högre denna gången och försöker kämpa sig loss. Anton trycker upp henne mot väggen och försöker hångla med henne, med ena handen hårt om halsen och andra om hennes hår trycker han upp henne mot väggen. Maja försöker knäa honom på kuken men han är så full att han inte märker av det. Antons tunga är nedtryckt i hennes mun och emellan andetagen försöker Maja skrika på hjälp gång på gång men inget händer. Tillslut lyckas hon knuffa ner en av stolarna med sin fot så den ger ifrån sig ett högt ljud och det dröjer inte lång tid innan Sebastian och Hanna kommer inspringande till köket för att se vad allt kaos handlar om. När de ser vad som händer springer Sebastian emellan och drar undan Anton. Hanna drar med sig Maja ut ur köket så fort hon kan så de kan plocka på sig sina saker och jackor för att bege sig hemåt. Innan de går får Maja ögonkontakt med Anton från köket som knappt vet vart han är eller vad som hänt, han kollar på henne med en tom blick.

***

Elin fick oväntat besök när hon matchade med en kille bara för hon var uttråkad och han villigt kom hem till henne, bara någon timme senare. Hennes sexlust har vaknat till liv efter Pascal och hon känner sig oslagbar, alla som är villiga att lägga sig i hennes säng gör hon med glädje till offer. Elin går nästan per automatik, känslolöst träffar hon killar och utan något tecken på samvete dödar hon dem.

I sängen framför henne ligger Per, eller Peter? Pontus? Ett namn på P är allt hon vet och han är nu tillräckligt full och drogad för att dödas.

Elin har gett honom en början av en avsunging så han är hård och redo, hon har till och med skurit i honom några gånger för att själv komma in i rätt stämning.

Men innan hon kan sätta sig på hans kuk så ringer det på dörren, Elin stannar upp, velar om hon ska öppna eller inte. Det plingar igen och igen, tillslut bankas det hårt.

Hon går långsamt och tyst till ytterdörren, bakom henne hör hon hur Abel öppnar dörren till sitt rum, deras blickar möts och utan att säga något meddelar hon honom att göra sig redo för det värsta. Elin tittar ut ur hålet på dörren och ser en tjej.

Motvilligt, men förberedd, öppnar Elin dörren och in stormar en tjej i hennes längd, ilsken och uppe i varv börjar hon skrika.

– Var är han!? Matteo!!? VAR ÄR DU!?

– Lugn lugn nu!! Vem är du? Vem är Matteo?! frågar Elin förvirrat.

– Så Matteo är inte här!?

– Vem är Matteo? frågar Elin. Jag känner ingen Matteo!

Tjejen märker inte blodet på Elins händer då hennes ögon vandrar runt i hallen och vardagsrummet. Hon traskar ilsket in i lägenheten och Elin märker att hon är mer än lagom berusad.

– Vems glas är detta? Två glas!

Hon pekar på vinflaskan och de två glasen med blue lagoon i sig.

»Jaha..Matteo heter han« tänker Elin och innan hon ens hinner komma tillbaka från tanken så springer tjejen in i sovrummet som står på glänt.

När hon slänger upp dörren ser hon sin pojkvän Matteo ligga fastbunden och lite blodig i sängen, full som ett svin. Elin springer inte efter, istället går hon till köket, lugn och sansad. Tjejen sliter i Matteo och försöker binda loss honom, örfilar honom av ren ilska men snappar inte upp vad som pågår runtom, hon inser inte att han blöder.

– Vad fan håller ni på med?! Din äckliga hora! Knullar du min kille? Din smutsiga hora!!

Elin hör hennes fylleskrik och går tillbaka till sovrummet.

– Att du inte skäms!! Knulla någon ananns pojkvä-

Hon vänder sig om när Elin kommer in i sovrummet och innan hon ens hinner avsluta sin mening får hon en kniv snabbt under hakan, upp i munnen. Hon stirrar förskräckt på Elin medan blodet rinner i munnen på henne, de rosa och ljusblå neonlamporna får Elins ansikte att se demoniskt ut. Elin stirrar tillbaka med en kall, död blick, känslokallt följer hon tjejen med blicken när hon faller ner på golvet.

Det enda ljudet i rummet är försök till andetag, en tjej som gråter och försöker andas med blod i strupen, kvävande ljud och en kamp för sitt liv.

Doften av blod fyller rummet och Elin kan inte hjälpa att hennes luster väcks, hon blir allt mer våt bara av tanken att det ligger ligger en död person i rummet när hon knullar Matteo.

15

VALBORG

»Maja, förlåt!! Det var inte meningen att det skulle bli som det blev. Jag hoppas verkligen inte att vår vänskap förstörs på grund av detta, jag har pratat med Sebastian och han ska prata med Anton. Jag trodde verkligen de var bra killar, förlåt!! Snälla Maja jag är verkligen ledsen. Ring mig när du kan <3«

Maja kollar ner på telefonen medan hon äter sin frukost, innerst inne är hon fortfarande arg, irriterad på Hanna och hela situationen men hon vet också att det inte är Hannas fel. Hon låter bli att svara och fortsätter äta i en stund till, men tankarna går hela tiden tillbaka till smset och hon känner ändå att hon måste svara henne, även om det kanske inte är ett helhjärtat svar.

»Hej Hanna, jag kan ringa senare. Men det är lugnt, du kunde inte veta vad som skulle hända, inte ditt fel. Nu vet vi och gör inte om det igen, men tack för att du hör av dig. Allt är lugnt, lovar, men hade uppskattat om Karl inte fick reda på detta? vi snackar sen! Puss <3«
»Absolut, jag säger ingenting. Tack för att du är en så fin vän <3
Ring när du kan.«

***

Karl sitter med Maja i ett grupprum och skriver på sina respektive inlämningsuppgifter. Det går långsamt framåt då ingen av dem är speciellt sugna på att skriva, imorgon är det valborg och de vill båda få skrivandet överstökat så de kan börja festa tidigt imorgon. Maja sitter med telefonen och scrollar på Instagram så Karl passar på att göra samma sak, en liten paus skadar inte.

Han tar upp telefonen och kommer på att Elin kanske fortfarande är kvar på Tinder, Karl öppnar Tinder och ser att deras konversation fortfarande är kvar.

Han öppnar hennes profil och ser att det står att hon är 1km ifrån vilket betyder att hon är någonstans på campus.

Karl blir smått nervös och yr, värmen i kroppen stiger, han tittar ut ur grupprummet mot biblioteket för att se om hon sitter någonstans bland alla studenter, han ser henne inte.

– Jag kommer snart.

– Vart ska du?

– På toa, ska du ha något från restaurangen?

– Nejdå, det är lugnt, tack ändå.

Karl reser sig upp och går ut för att kolla på resten av biblioteket om han ser henne, även om han innerst inne är rädd, vad ska han säga till henne om han ser henne?

Utan någon direkt plan går han från grupprummet i källaren de sitter i, upp till första våningen, där kollar han grupprum och små hörn hon kan sitta i, utan någon lycka.

Han fortsätter upp på andra och tredje våningen, han kollar alla soffor och fåtöljer där man kan sitta ostört, men hittar henne inte, inget i grupprummet och toaletterna är alla lediga. Det tar längre än förväntat, Karl är borta i ca 15 minuter och varje våning han går upp till, eller vrå han kollar i, dunkar hans hjärta snabbare av nervositet.

Tillslut går han tillbaka till Maja i källaren.

– Har du bajsat?

– Nej, vadå?

– Du var borta länge så tänkte att du bajsade, säger hon och ler.

Karl glömde att han sa att han skulle på toa. Han tar upp Tinder för att visa Maja.

– Kolla, hon är 1 km ifrån

– Ojdå, på campus alltså...

– Mm, jag tog ett varv på bibblan och letade efter henne men såg henne inte.

– Jävlar, vad hade du gjort om du såg henne? frågar Maja.
– Ingen aning faktiskt, pratat med henne kanske.
– Skriv till henne, fråga om hon är på campus och vill ses.
– Jag vill inte träffa henne.
– Du letade ju efter henne, då ville du ju se henne, säger Maja surt.
– Ja, stöta på henne på bibblan och prata lite kort men inte bestämma
  träff och ta en promenad med henne.
– Men skriv ändå, ge mig den.

Maja tar Karls telefon och skriver till Elin.
  »Hej, ser att du är i närheten, är du på campus? Ska vi boka en ny dejt?«
– Så, nu väntar vi.
Karl tar telefonen och skakar på huvudet.
– Jaha... Ska jag gå på en dejt med henne menar du? frågar Karl be-
  kymrat.
– Om hon vill ses så får du gå, vi måste ju få reda på vart exakt hon bor.
– Du har inte märkt av henne i din byggnad, frågar Karl.
– Nej, tyvärr. Eller tyvärr och tyvärr. Bra att jag inte sett henne kanske.
  Jag har kollat alla namn och ingen börjar på bokstaven E.
– Hon kanske inte heter Elin på riktigt, säger Karl.
Majas ögon spärras upp av rädsla.
– Nej, käften, säg inte så. Fyfan jag vill inte att hon ska bo där, vill inte
  se henne.
Karl ler lite retfullt och de sitter tysta i några sekunder i väntan på att
Elin ska svara.
– På tal om att ses, fortsätter Karl. Hanna frågade om vi ville träffa
  henne imorgon och blanda drinkar till valborg.
– Hmm, när då?
– Klockan 8 sa hon, jag sa att det är lugnt men skulle kolla med dig.
Maja rynkar på näsan.
– Måste vi ses så tidigt? Vi ska ju ses vid 11-tiden på ängen och supa,
  räcker inte det?
– Jo... det gör ju det, mumlar Karl.

– Kan vi inte dricka lite ikväll, kolla film och mysa? Så blandar vi drinkar imon när vi vaknar och möter henne på ängen.

Karl nickar lite tveksamt och tar upp telefonen.

– Vi ska inte bjuda över henne också så kan vi dricka ikväll och bara fortsätta imon när vi vaknar? frågar Karl.

– Hmm, ska vi berätta för henne att vi ses? Hon kommer bli extra jobbig ju, ställa hundra frågor. Är det inte mysigare att kramas och dricka, bara vi två.

– Jo, sant. Ska jag skriva i gruppchatten?

– Ja, gör det. Varför skrev hon inte i gruppchatten och frågade?

– Hon frågade på lektionen igår.

– Jaha, men skriv att du inte kan så tidigt, att du ska träffa en kompis ikväll och inte är hemma så tidigt, eller något.

Karl skriver en text och suddar ut den, det känns elakt att ljuga, varför kan dom inte bara träffa Hanna? Men samtidigt är det väldigt mysigt att vakna upp bredvid Maja och mysa i några timmar, lite morgonsex tackar man aldrig nej till.

»Förlåt Hanna men jag ska träffa en kompis ikväll och kolla amerikansk fotboll till 2 inatt, så kommer inte palla ses kl 8 tyvärr :/. Vi kan alla ses på ängen vid 11 istället?«.

Hanna svarar ganska snabbt:

»Aha synd:/ Jadå vi ses på ängen, inga problem. Ta med brassestolar bara. Maja ska vi ses då?«.

Maja läser gruppchatten och suckar, hon ger Karl en trött blick. Karl ger samma blick tillbaka.

– Fan, kan hon inte vara ensam i några timmar? säger han irriterat.

»Nej tyvärr älskling, jag tar gärna sovmorgon, mycket med inlämningsuppgifterna nu så lär nog sitta ikväll och skriva, förlåt. Jag ringer när jag vaknar imon?« skriver hon.

»Ja, absolut, inga problem. Ses imon då hörni.« svarar Hanna.

Senare på kvällen myser Karl och Maja i hans säng och kollar film, under det varma täcket smeker de varandra lite lätt och hånglar.

Plötsligt ringer Karls telefon, det är Hanna.

Maja suckar och slänger av sig täcket, tar telefonen från soffbordet och ger den till Karl. Han kollar på den irriterad och funderar på om han ska svara eller inte.

Det slutar tillslut ringa och han lägger telefonen bredvid sängen, men det dröjer inte länge förrän Hanna skriver i gruppchatten.

»Förlåt att jag stör hörni men vad ska ni dricka imorgon? Jag tänkte göra en daquiri men insåg nu att jag inte har någon is, så trög jag är. Har någon av er ni kan ta med imon?«.

Maja skakar på huvudet medan Karl håller i telefonen och funderar på om han ska svara.

– Hur kan man glömma is? säger Maja.

– Den viktigaste grejen i en daquiri, svarar Karl. Ska jag låta henne svettas lite och svara imorgon?

– Svara henne nu, stackarn, skrattar Maja.

»Tjena, såg att du ringde, upptagen med fotbollen men jag har is, tar med imorgon« svarar Karl och lägger ifrån sig telefonen.

***

Dagen efter möter de upp Hanna och några från klassen på den stora gräsängen klockan elva och det är fullt med folk. Brassestolar, filtar, folk som spelar fotboll, kastar amerikansk fotboll till varandra, vissa röker weed, spelar beerpong, flankeboll och andra lekar. Nationer har satt upp tält för att rekrytera medlemmar och bjuder på merch, det är som en liten festival och alla älskar det.

Karl och Maja sätter sig i cirkeln med Hanna och gänget, de ger henne isen.

– Åh tack så mycket! Jag dricker upp någon cider till sen går jag och fixar drickan, du är en hjälte!

Karl nickar bara till henne kyligt och blinkar, han öppnar en öl och pratar med en klasskompis, Hanna märker att något är fel men säger inget.

Dagen går, de dricker och har kul, spelar spel, sjunger låtar och njuter av livet.

Karl går till pressbyrån för att köpa fransk hotdog, lite »mid-day fyllekäk» som han kallar det. Han går in på pressbyrån och beställer två stycken, bakom sig känner han en stor aura, trots alkoholen i kroppen som förvränger hans verklighetsuppfattning så går det inte att undvika auran. Karl vänder sig lite diskret om och ser att den stora läskiga killen står bakom honom, en död och kall blick som stirrar tillbaka på Karl. Karl tar sina korvar och joggar lite hetsigt tillbaka till gänget.
– Jag såg honom!!
– Vem? frågar Maja.
– Han stora läskiga killen, mycket läskigare på nära håll!
– Ojdå, säger Maja.
– Sa han något? tillägger Hanna.
– Nej, han bara stod där, med sina kalla döda ögon.
Under tiden som de pratar kollar Maja ut på ängen och ser att han står längre bort och kollar på dem.
– Shit, han kollar på dig, Karl. Han kanske vill leka med dig, säger Maja retsamt.
– Käften! Han är fan läskig, håll honom borta.
Maja får ögonkontakt med den läskiga killen ett tag innan han tillslut kollar bort och lämnar ängen.
– Du ser, han ville bara se till att du fick dina korvar.
Maja ler och klappar Karl på kinden.

***

Elin och Abel går ner till campus för att se om det finns några potentiella killar att förföra. Bland allt kaos och färgglada overaller samt utklädnader har Elin inga problem att smälta in, hon är precis som alla andra på ängen. Karl har svarat henne på Tinder och Elin skriver tillbaka, men med dagsfyllan blir hans texter allt mer oläsbara. Alkoholen har tagit över och det blir nog svårt att få hem honom, han vet nog knappt vart han är. Det är heller inte ett kul byte när de redan är svinfulla, Elin tycker om att se dem i ögonen när de inser att de är fast och rädslan slår in. Hon matcher med två killar som hon bestämmer träff med på kvällen, riskabelt att bestämma tid några timmar i förväg med tanke på att de dricker under dagen men Elin försöker få hem så många hon kan, om fem stycken tackar ja så kanske två är nyktra nog att ses, tänker hon.

Hon bestämmer träff med Philip klockan 20 som dyker upp några minuter sent och de går direkt till sovrummet för att knulla. Elin spänner fast honom i sängen och han är tillräckligt full för att inte lägga märke till lukten av gammalt blod eller se blodfläckar på ljudisoleringen. De knullar i några minuter när dörrklockan ringer, Elin sätter igång musik och lägger in en mouthgag i Philips mun och stänger dörren.

Hon öppnar ytterdörren och möter Rasmus som hon bjuder in till vardagsrummet. Denna kvällen anser hon vara en början på något nytt, en kväll hon ska njuta ordentligt. Elin och Rasmus börjar snabbt knulla i vardagsrummet på soffan i några minuter. Philip hör mummel i hallen men hör inte vad det är, det är dock en mörk röst och låter som en kille. Han hör Elin stöna i samband med den mörka rösten som pratar och plötsligt skriker han till högt och det blir sedan tyst.

Någon minut senare öppnas dörren till sovrummet och Elin kommer in med blodfläckar på sig, bakom henne går Abel in i vardagsrummet.

Philip blir synligt förvånad och rädd, han försöker rycka sig ur handfängslen och försöker skrika åt Elin, försöker få henne att sluta med vad hon planerat. Men utan någon lycka. Elin gör hans kuk hård vilket han tycker om och när hon börjar rida honom släpper paniken lite och förvandlas till njutning. Det dröjer dock inte lång tid innan Philip känner något vasst på bröstet och armarna. Han kollar ner och ser att han blöder, då skriker han på hjälp så högt han kan men mouthgagen är ivägen och Elin skär sakta på hans hals. Blodet rinner och kväver Philip när det fyller hans mun och strupe.

På Tinder skriver Robert att han är hemma hos henne om 30 minuter.

Elin säger åt Abel att skippa den vanliga processen och istället bära ner kropparna i sopsäckar och lägga dem i bilen direkt.

Allting går väldigt snabbt, rockmusiken som spelas på hög volym, blod överallt och snabbt sex, Elin gillar det. Namnlösa killar som bara är där för att fylla hennes behov som hon snabbt glömmer. Hon känner sig fortfarande hungrig, två orgasmer och döda kroppar är inte tillräckligt efter en så lång paus som hon hade innan Pascal.

***

– Jag tror jag ska hem och sova, säger Maja. Jag mår dåligt, kanske måste spy.
– Vi går hem till mig, säger Karl och ger henne en flaska vatten.
Maja dricker vattnet och skakar på huvudet med ögonen halvt öppna.
– Nejdå, stanna kvar du med grabbarna och festa för fan. Jag ska bara hem och duscha och sova, tror jag druckit för mycket.
– Är du säker? Jag kan följa med dig hem.
– Absolut inte, jag ska inte förstöra din valborg, Karl. Ha kul istället, vi kan ses imorgon. Bakishäng, köpa pizza och njuta. Vi kan ändå inte knulla ikväll, viskar hon diskret.
– Mm, mumlar Karl tveksamt.
Maja ger honom en kram och en snabb puss så ingen ser innan hon vinkar hejdå till alla och beger sig hemåt.
– Vart ska hon? frågar Hanna
– Hem och vila, hon mår inte så bra, svarar Karl.

***

Utanför kollektiver står Abels bil parkerad och i bagageluckan ligger två kroppar.
Han sitter på trappen upp till byggnaden och röker, på avstånd hör han någon gå på gruset bredvid lägenheten. Abel sitter tyst med sin cigarett och inväntar att någon ska komma runt hörnet, precis då kommer Robert. Robert stannar upp en sekund, förvånad över att se Abel sitta och röka.
– Hej? Finns det en Elin här?

Abel tar ett bloss och nickar innan han tittar på Robert med sin döda blick.

– Andra våningen.

– Tack, bor du också här? Med Elin?

– Granne, säger Abel och skakar på huvudet.

Robert går upp till lägenheten och plingar på.

Han möts av en energisk och vild Elin med röda fläckar på sig, tveksamt går Robert in i lägenheten. En mörk och dåligt belyst lägenhet som luktar lite unket, inte alls det Robert tänkt. Elin går direkt ner på knä och drar ner hans byxor, Robert kämpar svagt emot men låter Elin fortsätta. Hon ger honom en avsugning i hallen, Robert njuter, neonlampan från sovrummet bländar honom lite och rockmusiken tillsammans med avsugningen och alkoholen i blodet får honom att glömma verkligheten. Allt händer så snabbt, vad är detta för tjej? tänker han.

Hade han kollat in till sovrummet eller vardagsrummet hade han sett allt blod från Philip och Rasmus men hans fokus är någon annanstans.

Precis innan han ska komma slutar Elin att suga, hon kollar upp och ler flörtigt.

– Kom, säger hon och drar in honom i köket.

Hon sätter sig på köksbordet och ger Robert en kondom som han ivrigt tar på sig.

De knullar på köksbordet ett bra tag, Robert är bra, han håller ut längre än vad Elin förväntat och hans kuk är stor, hon njuter och låter honom köra på.

Det är hårt och svettigt, Elin stönar i Roberts öra och han i hennes.

Plötsligt, när hon kysser hans hals, känner Robert något varmt, nästan som om Elin har bitit honom men utan någon riktig smärta.

Det bränns och han känner att det rinner något varmt ner för hans bröst, Elin har båda händerna bakom Roberts nacke och pressar sig mot honom, fram och tillbaka. Hon ser en förvånad blick i Roberts ögon som snabbt blir en rädsla när han ser det röda blodet rinna ner för kroppen. Elin blir våtare och trycker sig hårdare och snabbare mot Robert samtidigt som hon knyter benen bakom honom så han inte kan dra sig ur.

Det gör Robert ännu mer panikslagen och han börjar rycka ifrån men Elin har ett stadigt grepp. Precis då öppnas ytterdörren och Abel stiger in i lägenheten, Robert kollar bak och ser honom, hjärtat börjar dunka snabbare och när Abel stiger in i köket ställer han sig bredvid Robert och kollar på honom. Robert är rädd och panikslagen.

Han försöker rycka sig ur Elins grepp och lyckas få bort greppet hennes fötter har om honom. Då tar Elin upp rakbladet till hans hals och drar ett snabbt drag över den. Blodet rinner ut och Elin skriker ut i eufori, hon sprutar på Robert och bordet, det blandas med blod, precis som hon vill ha det.

Hon släpper Robert som faller ner på golvet och kvävs av sitt eget blod. Elin tar en rullad joint från hyllan i köket, tänder den och går in till vardagsrummet för att njuta av den. Abel tar fram en svart sopsäck och lyfter in Robert i den och bär sedan ner honom till bilen.

***

– *Hej, jag har spytt och duschat, samtidigt. Men jag mår bra nu.*
– *Skönt, jag ska snart hem jag också,* skriver Karl väldigt full.
– *Förlåt om jag var spydig innan.*
– *Nejdå, det var du inte. Jag förstår att du mådde dåligt,* tröstar han henne.
– *Tack, om du vill kan jag komma hem till dig och sova där? Är du hemma om 30 min typ? Så hinner jag duscha.*
– *Absolut, en timme låter bra. Hejdå, puss.*
– *Puss.*

***

Abel har kört ut kropparna till huset i Vislanda, huset han hatar att se, huset som väcker hemska minnen.

Han har fått order att bränna kropparna precis som han gjorde i Alvesta innan polisen förstörde allt. En efter en bär han ut kropparna ur bilden och bär in dem i ladugården där korna brukade stå. Det är sent och han har ingen lust att börja såga och stycka kropparna för att sedan bränna dem, det tar för lång tid. Abel står blodig i ladugården ett tag och kollar på de döda kropparna i tystnad, det enda som hörs är vinden som viskar bland träden. Han vänder sig om och kollar på det vita stora huset han växte upp i som en gång var fullt med liv, folk som kom och gick hela tiden. Nu står det ensamt i mörkret, lika ensamt som Abel känner sig, det är inte så läskigt som han minns det. Nu när alla hemskheter som plågade honom varje dag och natt är det som ett främmande hus. Abel kollar på träskjulet han ofta stod i och kroppen ryser till ryser till av att bara kolla på den. Det har varit en hektisk och vild natt, knappt så Abel vet vad som hänt egentligen, svårt att greppa tag i allt.

Han beslutar sig att skita i att stycka kropparna och istället lämna dem där, stänga ladugården och kropparna får ruttna ifred. Han kollar en sista gång på de döda kropparna som ligger på en livlös hög, det känns inte rätt.

Det hus och den mark han lämnade för att komma ifrån onda människor och döda kroppar står han nu på, framför döda kroppar. Nu är det dock han som är den onda människan, Abel har en klump i magen.

Han lämnar dörren till ladugården öppen så det inte blir så svårt för någon att hitta kropparna ifall de skulle komma och leta.

Han sätter sig i bilen och kör tillbaka till Växjö, ingen kommer att leta i Vislanda ändå.

16

FLASHBACK

– JAG SÅG HENNE!! JAG SÅG HENNE!!! ropar Maja vilt.
Hon slänger upp dörren till Karls lägenhet, Hanna och Karl sitter i soffan och fattar ingenting. Klockan är nästan 10.00 och det som skulle vara en pluggdag har avbrutits innan den ens började.
   Maja sätter sig på sängen och ser chockat ut.
– Jag såg Elin!!
– Var?! I din trapp? frågar Hanna chockad .
Karl blir synligt nervös.
– Nej, utanför. Eller jag slängde soporna på väg hit och då stod hon i sophuset, sorterade sina sopor.
– Hmm, hon bryr sig om något ändå, säger Karl ironiskt.
– Sorterade hon kroppsdelar? frågar Hanna.
– Jag tror inte det, svårt att säga, jag såg inte vad hon gjorde. MEN!! Vi gick typ ut tillsammans och då kollar hon på mig med en kall blick när vi kom ut säger hon *»Du känner Lukas va?«.*
– Vilken Lukas? frågar Karl.
Men så fort han ställer frågan inser han vilken Lukas det är Elin syftar på. Hans ögon spärras upp och han blir likblek i ansiktet.
– Jag försökte skämta bort det lite och frågar: Vilken av alla Lukas?. Men hon visade din tinderprofil..såatte..
Hanna sitter med öppen mun och mållös, Maja stirrar ner på bordet lite stelt.
– Hur visste hon att du kände mig? frågar han nervöst.
– Hon sa att hon sett oss umgås på campus och såg när du och Hanna var hemma hos mig. Det var också tydligen anledningen till att hon matchade med dig, du såg söt ut i verkligheten och verkade rolig.

– Det är jag inte, jag är jättetråkig, sa du det till henne? Att jag inte är
ett kap, säger han och skakar på huvudet.

– Det var så obehagligt för jag visste inte vad jag skulle säga, men det
kändes som att hon kom närmare och närmare, tror inte hon blin-
kade heller. En död blick liksom, så ler hon lite... men hennes ögon
är livlösa, sjukt.

Karl ställer sig upp och går fram och tillbaka i lägenheten.

– Varför frågade hon om du kände Karl då?

– Lukas... men hon frågade om jag ville vara med någon gång, alltså
trekant.

– Vad i helvete!! skriker Karl. Jag tar bort Tinder, tar bort henne från
snapchat nu! Och hoppas att hon inte söker upp mig, tack för den,
mumlar han i panik.

– Nej, vänta! säger Maja. Vänta och se om hon skriver något till dig om
det, om hon vill träffa oss båda. Då kanske vi kan ta henne? Eller?

Maja kollar på Hanna som sitter med en förvånad blick och skiftar mel-
lan Maja och Karl.

– ...Ja... kanske? svarar Hanna. Eller... så skriver vi något nu?

Majas ögon lyser upp, Karls själ lämnar hans kropp.

– Nej, nej, nej. Fan heller. Jag tar bort henne från vart jag än har kon-
takt med henne, Tinder eller Snapchat, jag bryr mig inte, jag slipper
bli dödad.

– Neej Karl, vänta! säger Hanna. Låt mig skriva något så får vi se vad
som händer. Du ska inte gå på dejt med henne, jag lovar.

Karl ger Hanna telefonen motvilligt och de alla sätter sig i soffan med
Hanna i mitten som skriver.

»Så den där trekanten du frågade om«.

Det dröjer någon minut innan Elin svarar.

»Om ni vågar ;)«

»Klart vi vågar, en het natt med svettiga kroppar och en massa kroppsvätska
överallt« skriver Hanna.

– Vad i helvete Hanna, vem fan skriver så? frågar Karl.

– Folk..tror jag? Hon nappar ju så det funkar väl.

»*Absolut, jag har leksaker vi kan leka med hela natten, binda fast varandra och göra allt möjligt*«. svarar Elin.

– Du ser, det funkar, säger Hanna stolt och fortsätter skriva.

»*Underbart, skriv bara när och var, så kommer vi*«

»*Onsdag, kl 20? Skriver samma dag vilken av lägenheterna jag bor i*« svarar Elin.

»*Ojdå, lite diskret, jag gillar det. Ses då*«. Avslutar Hanna.

– Okej, så om två dagar förfestar vi hos mig och går bort till henne, så får vi se hur det går.

Karl är nervös, han sitter tyst med sin mobil och scrollar på sociala medier, Maja sätter sig i sängen och tar upp sin laptop, Hanna gör likadant i soffan bredvid Karl.

Ingen säger något men tjejerna märker tydligt att Karl är orolig.

– Karl, säger Maja. Du behöver inte oroa dig, inget kommer att hända dig något. Vi driver bara lite med henne, vi ska inte gå hem till henne och låta henne göra oss något.

Maja skriver till Karl på snapchat så Hanna inte ska se: »*Oroa dig inte, jag låter inte henne röra dig, ingen trekant. Men vi måste hitta henne, det är viktigt. Jag lovar älskling, hon kommer inte att komma nära dig*«.

Karl sitter tyst, kollar upp från sin telefon och kollar på Maja då det är första gången hon skrivit eller kallat honom för älskling. Hon ler mot honom och han ler tillbaka, han ger henne ett frågande ansiktsuttryck och Maja nickar glatt. De båda bekräftar att det är officiellt nu. Han ler och kollar ner på telefonen, skriver ett hjärta till henne och pussmun. Han går in på flashback och börjar läsa något väldigt fokuserad, han ler inte längre.

– Minns ni vad Niklas sa om den stora killen? De gick ju i skolan tillsammans va?

– Ja, jag tror det, svarar Maja.

– Vilken skola? fortsätter Karl. Det var här i närheten, väl?

Maja rycker på axlarna.

– Vad tänker du? frågar hon bekymrat.

Karl sitter återigen tyst och fokuserad. Maja ställer sig bredvid och ser att han har upp en karta över Småland, efter ett litet tag säger han:

– Kan det vara Vislanda? Något udda namn var det ju.
– Ingen aning tyvärr. Maja är nyfiken på vad Karl letar efter.
– Vad letar du efter? säger Hanna tillslut.
– Niklas berättade ju att killen gick i hans klass här i Småland. Hela familjen var konstig, de var antingen Jehovas eller en kult, minns ni det?
Maja skakar på huvudet och ser besviken ut, Karl fortsätter förklara vad han gör.
– Niklas sa också att killen hade en tjejkompis han umgicks med eller ett syskon, de var flera som gick på skolan tills de en dag inte gick i skolan längre. Något konstigt måste ju hänt, tänker jag.
– Så du ska googla »syskon i Småland försvunna«? skojar Hanna
– Nej, men jag sökte »kult i Småland« på Flashback och fick upp något om Vislanda. Därför frågade jag om ni minns om Niklas sa att det var Vislanda han bodde i. Men på Flashback står det att det skedde ett mord i ett hus utanför Vislanda.
– Ojdå. viskar Hanna.
– Hurdå mord? säger Maja bekymrat.
– Oklart, enligt polisen så var det ett misslyckat försök till inbrott, men många skriver här att hela familjen var en del av en satanistisk kult.
– Satanistisk?! brister Maja ut.
– Mm... många spekulationer här om att de dödade varandra i en ceremoni 2015, men ingen vet säkert, många gissar.
– Någon skriver att barnen överlevde men ingen vet vart de är nu.
– Hur många barn? frågar Hanna.
Karl skakar på huvudet i tystnad med ögonen fokuserade på laptopen.
– Det står inga namn? frågar Maja.
Karl söker runt på Flashback och letar.
– Tre stycken som säger att de vet om att Abel gick i skolan med dem och var en del av familjen. De nämner två andra namn... en av dem heter Elin.
Maja och Hanna suckar men samtidigt sitter de i chock av att det nu nästan är bekräftat att Abel är från en kult, en satanistisk kult, det förklarar varför han beter sig så konstigt.
– Här!! skriker Karl. Elin Dalén, skriver någon. »*Gick i samma klass som*

*henne upp till fyran och sen försvann hon av någon anledning. Nästan säker
på att hon var en av barnen som överlevde«*, läser Karl.

Alla tre sitter tysta, Hanna och Maja kollar på varandra innan Maja
tillslut säger något.

– Så... ska vi söka upp Elin och se vart hon är?

– Redan gjort, säger Karl. Hittar henne ingenstans. Skickades till fosterhem och antagligen bytt identitet, skriver de.

– Men hon är ju här i Växjö, hur kan hon vara försvunnen eller byta identitet när hon går runt i Växjö som Elin? Maja är förvånad.

– Jag söker på Instagram, Maja kollar Facebook om du hittar henne, Hanna är på hugget.

De sitter en liten stund i tystnad igen och söker efter Elin på alla sociala medier men ingen hittar henne. Hanna reser sig upp och tar Karls telefon utan att fråga.

– Jag ska skriva till henne på Tinder.

Karl hoppar upp och rycker ifrån henne telefonen.

– Jag skriver.

Hanna blir förvånad och nästan lite rädd över Karl aggressiva reaktion och hon märker att han ger Maja en irriterad blick som helt klart handlar om Hanna.

– Oj, förlåt. Jag menade inte att ta den bara sådär, säger Hanna. Jag blev nog bara frustrerad över att vi inte hittar henne men att hon helt klart finns på Tinder.

– Det är lugnt, mumlar Karl. Du kan skriva om du vill, du har ju skrivit med henne innan.

Karl får dåligt samvete över sin reaktion och ger Hanna telefonen.

De sitter alla tre i soffan nu med Hanna i mitten med telefonen, de ska komma till botten av detta.

»Har du Instagram som vi kan skriva på?« skriver Hanna.

Det tar inte lång tid innan Elin svarar.

»Nej, tyvärr gubben. Funkar det inte på Snapchat och Tinder?«

»Jodå, men vill lära känna dig lite mer, skicka roliga memes, se dig utan smink kanske, hehe. Facebook kanske?« fortsätter Hanna.

»Nej varken Facebook eller Instagram, gillar inte sociala medier« svarar Elin.

Hanna och gänget blir irriterade och beslutar att ställa Elin mot väggen.

»När flyttade du från Vislanda till Växjö?«

»Jag har alltid bott i Växjö.Vart fick du Vislanda ifrån?« svarar Elin.

»Så du bodde aldrig i Vislanda? med Familjen Dahlén.«

De sitter otåligt i soffan och väntar på svar men nu tar Elin sin tid. De väntar i fem minuter men inget svar, 20 minuter och fortfarande inget svar. Det går en timme av att de väntar och kollar chatten för att se om Elin svarat, men ingen lycka.

Maja ligger i soffan uttråkad, Hanna ligger på golvet med sin telefon och Karl vid laptopen, googlar Elin och familjen Dahlén.

När Karl går in för att se om Elin har svarat märker han att hon inte längre finns med på hans snapchat, hon måste ha tagit bort honom, likaså på Tinder. Det går inte att skriva till Elin någonstans.

– FAN! Hon tog bort mig överallt, skriker Karl ut i irritation.

Maja och Hanna hoppar energiskt och förvånat upp ur soffan.

– Vänta va!? skriker Maja.

– Jävla fitta! tillägger Hanna.

– Vadå, överallt?? Du kan inte skriva till henne alls? Maja är frustrerad.

– Vad nu? frågar Hanna lika besviken.

– Jag vet inte...

Karl kollar på tjejerna, de sitter alla tre lika tysta som om luften gått ur dem, hoppet har försvunnit, ingen säger något, de känner sig besegrade.

17

GODMORGON

(Maj 2019)

– Jag har en kropp till midsommar.

Abel sitter tyst vid matbordet och äter, han kollar inte upp på Elin. De sitter i köket och äter frukost, Elin rullar en joint i tystnad, Abel lyssnar på fåglarna som kvittrar ute i det varma vårvädret. Lägenheten är tyst och fylld av solljus vilket är en stor kontrast till hur det ser ut på kvällarna med oljud och mörker. Abel tycker om solljuset och tystnaden.

– Har du städat i källaren? frågar Elin.

Hon får inget svar, Abel är fokuserad på sin egna värld.

– Abel!! ryter hon och slår med handen i bordet.

Han kollar upp och nickar. Elin ler och tänder sin nyrullade joint..

***

Maja och gänget sitter i grupprummet som vanligt och skriver i tystnad. Maja märker att Hanna har något på hjärtat som hon vill släppa ut men Maja orkar inte lägga ner överdriven energi på henne i nuläget, hon har andra problem i livet.

– Sov ni tillsammans igår? frågar Hanna.

Frågan överraskar Maja och Karl och de båda kollar på varandra, ingen av dem förstår hur Hanna kunde vetat.

– Hur menar du? frågar Karl.

– Maja var synlig på snapchat-kartan och jag såg att hon var hos dig. Gjorde ni något kul?

Tonen i Hannas röst är besviken, mest troligt besviken över att de inte bjöd henne också.

– Jaha, ja. Jag sov hos Karl för polisen var i min byggnad igår kväll och antagligen i natt.

– Va? Har de hittat henne? frågar Hanna exalterat.

– Kanske, de stormade in i en lägenhet och gjorde oväsen, tog ut tre grabbar som skrek och försökte slå sig ur situationen. Så jag skrev till Karl och frågade om jag fick sova på hans soffa.

– Vi hade sagt till dig om vi umgick annars, men denna gången blev det spontant, svarar Karl.

– Mm, okej, bra. Står de ofta vid byggnaden? frågar Hanna.

– Ja, de står utanför ganska ofta och spanar. De har varit inne hos mig för att se om de hittar något misstänksamt och jag antar att de gjort så med alla i byggnaden.

– Misstänksamt som vadå? frågar Hanna.

– Ingen aning faktiskt, en död kropp, ett huvud i garderoben, mordvapen, säger Maja och rycker på axlarna.

– Men de har inte hittat hennes lägenhet eller? frågar Karl bekymrat.

– Nej, verkar inte så. Vilket säger mig att hon inte heter Elin egentligen, står säkert något annat på dörren. Eller så är det bara fel byggnad. Allt känns så oklart.

– Vet du vad vi ska göra! säger Hanna energiskt.

Maja kollar på henne med en förvånad blick.

– Vi ska ha sleepover, jag kommer hem till dig ikväll så kollar vi film och ser om vi märker något, om vi hör något. Det är ändå fredag, lite fredagsmys kan vi ha.

Maja försöker komma på en ursäkt, men sist Hanna föreslog en sleepover sa hon att de kan göra det en annan gång, så nu kan hon inte komma ifrån det.

– Jag kommer till dig vid 19-tiden, jag tar med kladdkaka och chips, vi fixar lite vin och har det trevligt, säger Hanna utan att ge Maja chansen att komma med en ursäkt.

– V-visst, vi kör.

Maja kollar på Karl som försöker gömma sitt flin, hon är inte alls taggad på en sleepover men nu får det bli så.

***

Halvt inne i vinflaskan pratar Maja och Hanna om allt möjligt, de skrattar, snackar skit om folk och äter massor. Från ingenstans tar Hanna upp en sak Maja inte var beredd på.

– Varför undviker ni mig?

– Vem? frågar Maja förvånat och spelar dum.

– Du och Karl, jag har sett blickarna ni ger varandra och märkt att ni undviker att umgås med mig. Är det för dubbeldejten?

– Nej, absolut inte, Hanna. Du har bett om ursäkt och jag har godtagit den även om det inte ens var ditt fel. Vi har inte undvikit dig, inte med mening i allafall.

– Nehe? Det har känns så senaste tiden, efter dejten. Jag hoppas inte vår vänskap påverkats för det vill jag verkligen inte, du är en av mina bästa vänner, du och Karl.

Alkoholen har gett Hanna mod till att prata ut och tonen i hennes röst har blivit lite fientlig. Maja vet inte hur hon ska rädda situationen men hon gör ett försök.

– Alltså, jag tänkte berätta för dig men visste inte när det var läge, suckar Maja. Jag och Karl har börjat träffas lite i smyg, vi har hållit det hemligt. Dels för att vi båda inte vet vad vi är ännu, men också för att inte blanda in en massa folk som måste välja sidor om det skiter sig. Vi testar lite. Det var också därför jag inte ville att du skulle berätta något för Karl om dubbeldejten.

– Nämen!! Vad kul! Herregud det är klart att den ska vara hemlig, för mer än bara den anledningen, skämtar Hanna. Är det därför ni varit lite off?

– Ja, jag antar det. Inte meningen alls men vi har umgåtts en del, så kanske därför. Förlåt.

Hanna ger Maja en kram och är exalterad över nyheten.

– Vad kul! Jag som trodde ni hatade mig, herregud, jag hoppas verkligen det blir officiellt för er, underbara ni!

– Tycker du det? Tack, det glädjer mig att höra, Maja ler stort.

– Ja för fan! Hämta en till flaska så får du berätta allt!

– Jag fixar drinkar.

Maja springer in i köket och fixar varsin drink. Medan Maja fixar drink ställer sig Hanna upp för att titta runt i lägenheten.

– Du har en fin lägenhet, Maja, får man kolla runt?

– Sa du något?

Maja har fullt upp med att krossa isen och blanda drinken i sin mixer att hon varken hör vad Hanna sa eller att hon går runt och kollar i lägenheten.

Hanna kollar i badrummet och ser ett rent och fint badrum, grått kakel golv och vita kakelväggar. Hon reagerar på att Maja har ett badkar, inte alla som har det men det ser fint ut med doftljus på kanten, och en ljusbrun badkarshylla med krämer fint placerade. Hon stänger badrummet och öppnar dörren till höger om sig. Det är kolsvart i rummet så Hanna tänder lampan men då tänds en rosa neonlampa. På väggarna ser hon svart ljudisolering och en säng med metallram. Hanna går in i rummet, närmare sängen och ser fläckar på ramen, svarta fläckar överallt.

– Ser du något du gillar?

Hanna hoppar till, hon skräms av Majas röst som plötsligt dyker upp. Hon vänder sig om och ser Maja ståendes i dörröppningen med sin drink i handen. På väggen bredvid Maja ser hon den, väggen hon sett så många gånger på bild, hur kunde hon missa den. Väggen med sexleksaker hängandes på krokar, upplysta av neonlampan, vissa av dem fortfarande befläckade.

Majas står och stirrar på henne med en död blick, en obehaglig blick som stirrar genom Hannas själ. Det känns inte alls som samma Maja hon skrattade med för några minuter sedan.

– Du kan komma ut nu, suckar Maja.

Hennes röst är monoton och låter annorlunda, inte samma värmländska som innan. Hanna inser att det inte är henne Maja pratar med.

Dörren till rummet mittemot, bakom Maja, öppnas och ut stiger den stora obehagliga killen. Nu faller alla bitar på plats, Hanna har inte förstått riktigt varför Majas rum ser ut som det gör men nu förstår hon. Hennes hjärta slår snabbt och hårt, paniken inombords kryper fram och det blir svårare att andas. Hon förstår nu varför de aldrig har varit hemma hos Maja tidigare, alla samtal med polisen Maja berättade om, det var bara ett spel för henne. Alla gånger de stött på den obehagliga killen bakom Maja och han stirrade på dem, det var Maja han väntade på.

Hon förstår nu också varför Maja fått Karl att glida ifrån henne, allting kommer så snabbt i huvudet, att hon inte sett det tidigare. Maja kollar på henne med ett besviket ansiktsuttryck och skakar lite på huvudet, hon går in i rummet, närmare Hanna och håller upp drinken. Utan att blinka eller släppa blicken från Hanna, släpper hon ner ett piller i drinken och ler smått och obehagligt. Precis som Maja förklarade så ler munnen men ögonen är döda. Hon sträcker fram drinken till Hanna och med en mjuk röst säger hon:

– Drick.

Med skakig hand tar Hanna glaset men dricker det inte, bland alla hundra tankar i huvudet så försöker hon komma på vad hon ska göra, hur hon ska ta sig ut ur denna skiten. Om hon ska kasta drinken på Maja och försöka springa, fast då tar killen henne. Ögonen hoppar mellan Maja och den stora killen bakom henne, om hon flyr kommer han döda henne. Hennes hjärta slår lika snabbt och hon känner att knäna är svaga av rädsla, hon vet inte vem hon ska kolla på och ögonen skiftar mellan Maja och killen. Hanna försöker säga något men hon är för torr i halsen för att kunna få ut något, hon försöker svälja saliv men det skär i halsen så torrt det är. Hon kollar ner på pillret som löses upp i drinken och inser att hon inte har en utväg, det finns bara en sak att göra. Tårarna börjar rinna ner för kinden och med en skakig hand börjar hon smutta på drinken.

***

Hanna vaknar av att något rör vid henne, smeker hennes panna försiktigt och sjunger med en mjuk stämma. I någon sekund känns det skönt, hon hör att det är Maja som sjunger *»Himlen är oskyldigt blå«* för henne samtidigt som solljuset smyger sig in förbi de mörka gardinerna och fåglar kvittrar utanför. Den mysiga stunden varar dock inte länge, Hanna kommer omedelbart ihåg vad som hände kvällen innan, Maja och den läskiga killen stirrar på henne och ger henne en spetsad drink. Hanna försöker rycka sig upp ur sängen för att distansera sig ifrån Maja, men det går inte, hennes armar och ben är fängslade åt vardera håll. Hårda metallhandbojor som skär på hand-och fotlederna när Hanna försöker rycka sig fri.

– Shh, shh... *älskling, jag vet hur det känns, när broar till tryggheten bränns.* Maja står tätt intill Hanna, vid sidan av sängen, naken och stirrandes rakt in i hennes ögon när hon sjunger långsamt, smeker hennes kallsvettiga panna. Hanna stirrar livrädd tillbaka, Majas fina bruna hår finns inte där längre, nu har hon blont slitet hår uppsatt i en rörig tofs. Hon har en helt annan ögonfärg, istället för de snälla bruna ögonen har hon nu grön-blåa kalla ögon. Längs med axlarna och över nyckelbenen sträcker sig två röda ormar tatuerade, det har hon inte haft tidigare. Armarna har domnat bort på grund av positionen de ligger i och det gör väldigt ont när hon försöker positionera sig bekvämare. Maja kommer in närmare och tar tag i Hannas hand som hon smeker försiktigt. Hennes leende är lika obehagligt som kvällen innan och ögonen lika döda med djupa påsar under sig. Maja fortsätter att sjunga med en tyst, nästan viskande, röst.

– *Fast tiden har jagat oss in i en vrå...* så synd att det behövde bli såhär Hanna.

Maja trycker in en gagball i Hannas mun och sätter sig vid sitt sminkbord för att göra sig i ordning. Hanna försöker på något sätt komma ur fängslen när Maja har ryggen vänd mot henne, men ju mer hon drar desto ondare gör det.

– Har du sovit gott? frågar Maja med en monoton röst.

Hanna ser att Maja stirrar på henne genom sminkspegeln. Hanna försöker skrika efter hjälp genom bollen som hon har hårt fastspänd i munnen, det går inte. Väggarna är täckta av ljudisolering och hon får ingen riktig kraft att kunna skrika ut, skriket förvandlas till gråt.

– Gråt inte, det hjälper inte. Du har varit nära på att förstöra det mellan mig och Karl ett tag nu, men jag tror faktiskt att detta kan ha hjälpt mig.

Det är tydligt nu att Majas värmländska dialekt är helt och hållet borta, hon pratar med liten småländsk brytning och om hon är den Hanna tror hon är så ska den småländska dialekten vara Majas riktiga dialekt.

– Nu när du är borta kommer Karl söka tröst och behöva någon att sörja en försvunnen vän. Det är då han vänder sig till mig och bla bla bla, jag har honom runt lillfingret. Precis i tid till midsommar, säger Maja med en smått dryg och hånfull ton.

Inte många sekunder senare öppnas dörren och där står den stora läskiga killen som har förföljt dem på campus. Hanna börjar snabbt ana vad som händer och hon grips av panik, hon försöker återigen skrika högt och rycka med hela kroppen för att slita sig loss. Hanna gråter så tårarna rinner som ett vattenfall, snoret rinner lika mycket och hon skakar av rädsla när Abel kommer närmare henne.

Han står helt stilla bredvid henne och stirrar på henne som en ledsen hund med huvudet lite på sned. Maja fixar sig, hon sminkar över sina tatueringar, sätter in linserna hon alltid har, tar på sig sina street-kläder och sedan den brunhåriga peruken. Ljusbrunt och plattat glänsande hår som sträcker sig över axlarna.

– Nu ska jag plugga med Karl, vi ses sen, säger Maja glatt.

Hon stannar upp vid Abel och ger honom en puss på kinden.

– Ge henne mat ibland, se till att hon är glad när jag kommer hem, jag har aldrig varit med en tjej innan, det ska bli spännande.

Hon tar sin väska och går ut ur rummet och sedan lägenheten.

18

EN LITEN POJKE

Det är mörkt och oerhört varmt, kvavt och knappt någon luft. Kolsvart och trångt, han kan inte sitta ner men orkar inte stå upp heller, knäna skakar och ryggen gör ont.

Utanför hör han skratt, folk som pratar och utför arbetssysslor.

Han vet inte vilken dag det är eller hur länge han har stått där, men magen gör ont så hungrig han är. Han har bajsat på sig och spytt av stanken han fått andas in.

Han förstår inte vad det är han gjort för att få stå i strafflådan, Mor drog bara in honom och låste dörren precis när han skulle äta.

När dörren tillslut öppnades trillade Abel ut, hans ben kunde inte hålla honom längre och där låg han på gräset en varm julidag och grät, nerbajsad och svettig.

En flicka kom fram till honom med vatten och en tallrik köttbullar och potatismos som han slängde i sig med bara händerna. De vuxna som gick förbi kollade på honom men ingen brydde sig, ingen förutom den lilla flickan. Varje gång Abel blev straffad med strafflådan eller piskad tills han inte längre kunde stå på egna ben så fanns hon där. Hon hjälpte honom upp varje gång, gav honom mat och dryck och en dusch, det skapade en kärlek inombords på Abel, en moderlig kärlek. Även om flickan var yngre så kändes hon som Abels mamma eller storasyster och vart hon än var skulle han vara, som en skyddande ängel.

Abel och de andra pojkarna skickades ibland till andra ceremonier och ritualer som gåvor. Männen i dessa ritualer var högt uppsatta män; präster, läkare, politiker, chefer och liknande. De tog med pojkar och flickor som gåvor som de kunde våldföra sig på under ritualerna. I små rum följde de med männen som sedan klädde av dem nakna och tvingade sig på dem. Abel kan inte räkna alla gånger han möttes upp av vuxna människor han trodde han kunde lita på men för dem att sedan utnyttja honom sexuellt. Böjd över bord eller stolar, ibland på lädersoffor och en gång fastbunden med armarna uppsträckta. Det gjorde lika ont varje gång han lärde sig stänga av, mentalt och emotionellt. Ibland var det två stycken som turades om, ofta hände det att andra kollade på utan att hjälpa honom. Han grät ju, grät efter hjälp men de kollade bara på och njöt av det.

Abels mål var att bli lika stor som de vuxna och mycket starkare än dem, så de inte kunde hålla fast honom och förnedra honom som de gjort. Han åt dubbla portioner när de fick mat och tränade i väldigt tidig ålder i samband med gårdsarbetet.

Abels storebror Lars tog hand om honom och lärde honom allt som behövdes läras för att utföra sysslorna. Han hjälpte Lars på åkrarna med skörd, såga ner träd och hugga ved på vintrarna men även slakta sjuka eller döda djur så det blev mat på bordet. Abels första minne som barn var att Lars tog med honom in i slakteriet, som han kallade det, där han lät Abel hålla i redskap och titta på hur han slaktade ett får.

Abels minns fortfarande skriket fåret gav ut när Lars skar upp halsen, ett snabbt ryck från ena änden till den andra, ett skrik och fåret dog.

När Abel blev större fick han utföra samma slakt på olika djur, det tog timmar att dra av skinn, såga djuret i lagom stora bitar och sedan städa undan allt blod och stanken.

Abel blev bra på det, med tiden lärde Lars honom hur han skulle skära på rätt plats för att minska risken att blodet sprutar, hur Abel skulle knäcka av lemmarna när han sågat i dem för att inte förstöra köttet. Lars och *Far* var väldigt stolta över Abels initiativ och snabba framsteg på gården.

Under sin barndom stod han ut med mycket, som alla andra barn, men på grund av sin stora fysik sågs Abel både som en bra gåva till de rika sektmedlemmarna men även som ett stort värde för familjen. En framtida ledare eller verkställare som såg till att gården och ritualerna sköttes som de skulle. Men för att kunna bygga upp en ledarmentalitet måste de först bryta ner honom och det var precis vad *Mor* och *Far* gjorde. Abel blev fysiskt starkare och större än de som utnyttjade honom men han blev aldrig starkare inombords, han var fortfarande en liten pojke som var rädd för att bli straffad om han gjorde ett misstag. Han ville inte bli lämnad ensam i någon låda eller förbli utan mat i dagar, ville inte göra någon besviken eller arg på honom, allt han ville var att känna sig sedd och älskad.

De enda gångerna han kände sig älskad under barndomen var när den söta tjejen tog hand om honom. Hon hette Elin och var alltid glad, så glad man kunde vara på gården. Men med tiden såg Abel att något inte stämde med Elin, snäll och omtänksam som hon var mot Abel var hon kall mot vissa andra.

Hennes temperament skiftade väldigt ofta, ena stunden kunde hon vara glad och helt plötsligt skiftade hon till ilska, kastade saker och började slåss. Det kunde gå dagar när Elin var arg och okontrollerbar, oftast efter att något hemskt hade hänt och ingen kunde nå fram till henne, hon var våldsam, envis och hyperaktiv. Men sen kom det en dag då hon blev sitt gamla snälla jag, dessa utbrott ledde till att Elin fick ha hemskolning, hennes attacker mot de andra barnen och lärarna blev för mycket. Abel fick ofta komma emellan och stoppa bråken på skolgården, men föräldrarna sa emot och Elin blev utslängd från skolan. Ingen av de andra barnen på gården förstod varför Abel och Elin var så nära, men de vuxna visste, de visste allihopa att Abel och Elin hade samma föräldrar. Lisa, som tog hand om gården och lärde upp Elin var dotter till *Mor* och *Far*. Men fars kärlek till barn, samt okontrollerbara luster gjorde att han ibland gick för långt och när Lisa var 14 gjorde han henne gravid. De fick en pojke som de döpte Abel och några år senare våldförde han sig på Lisa igen och denna gången fick de en flicka som de döpte Elin. Ovetandes om situationen växte bandet mellan Abel och Elin till en väldigt stark kärleksrelation.

När Elin var på sin fjärde graviditet var det synligt att hon tappat livsglädjen och energin totalt. Hon hade sett så många hemskheter utföras mot de tidigare fostren att hon inte alls brydde sig om detta barnet. Det var inte många som visste att *Far* hade gjort henne gravid och det förblev en hemlighet för många, men Abel och deras vän Edith visste och de hade lovat att hålla det hemligt.

Dagen då Elin skulle föda ordnade *Mor* en ceremoni för att bringa lycka och god hälsa till det nya barnet. Elin låg på bordet i källaren med *Far* bakom sig på podiet, han bad tillsammans med de andra i cirkeln, en av dem i cirkeln var Abel. Det var andra gången han fck delta i en cirkel och han var väldigt nervös, men han gjorde som han hade blivit upplärd.

– Nu till uppoffringen, sa *Far* mer en bestämd och monoton röst.

Dörren till rummet öppnades och *Mor*, tillsammans med Lisa, kom släpande på en flicka i 10-årsåldern som skrek och grät med all sin kraft. Abel kände igen henne, Maja, hon hade varit med nere i verkstaden och gjort armband med honom ibland, hon hjälpte även till att tvätta bort blodet i slakthuset när det behövdes. Maja var snäll, hjälpsam och alltid glad. Hon släpades in till cirkeln där hon fick stå medan *Far* och de andra bad, bönen blev högre och högre med varje fras. Elin skrek på bordet och krystade, svettig och arg kämpade hon med att få ut barnet. När hon tilllsut fick ut barnet och *Far* bad den sista bönen gick *Mor* upp bakom Maja, vände henne mot det nyfödda barnet som Lisa höll i och skar halsen av henne utan att tveka en sekund. Blodet sprutade ut från halsen, ut på barnet och de alla log.

Abel var i chock, likaså Elin som gav ut ett högt skrik när Maja fick halsen skuren. Abel försökte springa fram och hjälpa Maja, men blev tillbakadragen till cirkeln igen av en hård hand på axeln. Abel och Elin kollade på varandra och utan att säga något såg Abel att det skett en förändring på Elin, hon såg inte ut som sig själv.

Inte långt efter den dagen berättade Elin att hon och Edith planerade att rymma.

Abel var 17 år gammal, tillräckligt stark, kroppsmässigt, för att ta sig loss från gården men mentalt svag, rädd för vad konsekvenserna skulle bli. De hade brutit ner honom alldeles för mycket, till den punkt att han bara löd order och gick runt stum som en gammal hund. När Elin och Edith berättade att de behövde en stark person för att utföra deras plan var Abel osäker först, han kände sig inte stark men Elin påminde honom om vad de hade sett och hur viktigt det var att fly från alla hemskheter.

De började med att de smög sig ut ur sina rum mitt på natten, barfota så att deras fotsteg inte skulle höras. Elin hade tidigare under dagen beordrat Abel att sno ett vasst föremål han använde när han dödade djuren. *»Inte för stort bara«*, sa hon.

Abel tog med sig en fickkniv de använder för att kastrera fåren som han gav till Elin.

De började med de vuxna, där Lisa sov med två personer till. Allt som allt fanns där två sovrum för sex vuxna och två sovrum för de sju barnen. Samt Mor och Fars sovrum längst ner i hallen. De smög sig in i de vuxnas sovrum tyst och sakta, Abel tryckte ner Lisas armar medan Edith höll för munnen så hon inte hann skrika ut och Elin skar halsen på henne, allt i ett snabbt svep. Sedan gick de från person till person och gjorde samma sak. Dörren till Lars rum knarrade mer än förväntat vilket väckte honom en aning, inte tillräckligt för att märka dem men han mumlade något och somnade om.

De skar först halsen av Tomas som låg närmast dörren, sedan gick de till Lars som låg i sängen bredvid. Lars kände dock av när Abel kom nära och vaknade till förvånad, i ett chocktillstånd började han veva med armarna, ovetandes vad som pågick eller vem som försökte trycka ner honom. Edith lade snabbt en kudde för hans huvud och Abel slog så hårt han kunde för att knocka honom men det funkade inte så bra, Abel hade svårt att se Lars ansikte och missade många av slagen.

Elin sprang fram till hans mage och började hugga, mest i ren panik för hon var rädd att de andra skulle höra dem. När Lars lugnade sig någorlunda skar hon halsen på honom och såg på hur han förblödde till döds.

Wesley, som låg i den tredje sängen, snarkade sig igenom alltihopa och de kunde utföra sin plan utan några problem. I ett hörn sov Elins nya dotter i sin lilla säng, Elin gick fram och funderade på om de skulle döda henne också, där fanns ingen kärlek för henne i Elins hjärta, hon var bara en mindre version av *Far* i hennes ögon. Innan Abel och Edith hann reagera tryckte Elin in kniven i barnet och drog ut den lika snabbt. Hon började skrika högt och det använde de till sin fördel.

När det var dags att döda *Mor* och *Far* var de exalterade, de hade drömt om denna stund nästan för evigt och nu var den här. De skulle inte bara döda dem i sömnen, nej, de skulle låta dem lida så som de fått Elin, Abel, Edith och de andra barnen att lida. Elin nästan slängde upp dörren och tände lamporna och skrek för att förvirra dem.

– VAKNA!! HON GRÅTER!! VAKNA!!

Elin sprang mot *Far* och viftade med kniven framför honom för att skrämma honom, när *Mor* ställde sig upp ur sängen slog Elin henne i ansiktet så hårt hon kunde så hon trillade ner på golvet och skrek. *Far* gick mot Elin för att ta bort kniven ifrån henne men hon högg honom på handen och armen med fickkniven och skrattade högt.

Far lyckades ta sig ut ur sitt rum för att tillkalla de andra vuxna, men hann inte så långt då Abel och Edith väntade utanför med rep.

De band fast *Mor* och *Far* på varsitt bord i köket och lät Elin gå loss. Edith och Abel var inte lika mycket intresserade av att skära dem, de ville bara att alla vuxna skulle bort så de kunde bli fria.

Edith och de andra barnen gick åt olika håll efter att de befriats, Elin och Abel blev placerade i en fosterfamilj i Värmland i några år, under skyddad identitet då morden på gården sägs vara ett inbrott som gick fel. Elin tog på sig namnet Maja, för att hedra den stackars tjej som offrades framför ögonen på henne. Abel fick ett namn han aldrig använde, inget namn han minns i alla fall. Efter den hemska veckan av att se Maja mördas och att sedan mörda *Mor*, *Far* och sin egna dotter blev Elin en annan person. En person som tog mer plats, hon var inte lika tillbaka-dragen och skygg som tidigare när de bodde på gården. Hon flörtade mycket med killar, svor mycket, betedde sig illa mot Abel ibland och var känslokall mot alla som kom nära henne.

Alla barnen vittnade och berättade samma historia: »Ett gäng äldre män kom och ville sno värdesaker men Lars försökte stoppa dem så de dödade honom och sedan dödade de alla andra«.

Inte den bästa historien men med tanke på att de är barn och alla har samma historia så gick den igenom. Poliserna kände även till familjen Dahlén och att de umgicks med mycket skumma typer så en sådan här kväll förvånade inte polischefen alls.

***

Några år senare, när de båda var myndiga, flyttade de tillbaka till Småland, men höll sig i Växjö, Elin hade fått en känsla i kroppen som sa åt henne att flytta tillbaka till Småland. En dragningskraft hon inte kunde kontrollera, Hon hade trots allt Dahlén i generna. Det hon höll på med i Värmland och även i Växjö gillade Abel inte alls, han hade starka känslor för Elin men kunde inte agera på dessa känslor. Han vill hålla om henne, ta hand om henne, hon skulle ta hand om honom och älska honom som hon gjorde när de var barn.

Elin listade ut hur hon kunde manipulera Abel till att göra som hon ville, det märkte hon kvällen de dödade alla på gården, hans kärlek till henne gjorde honom väldigt svag. Trots att hon inte hade samma känslor för honom som han hade för henne ville Abel inte förlora Elin, det var med hennes kärlek han växt upp med och hon var hans första kyss, första och enda kärlek. Han gjorde allt för att göra henne glad och stanna vid hans sida.

När Elin var i skolan, som sin nya identitet: Maja, skrev Abel på Elins Tinder för han visste att hon skulle bli glad, även om det gjorde ont i själen att se henne med någon annan blev det alltid lättare när det var över. De timmar han skar i kropparna och hjälpte henne göra sig av med dem fick Abel att känna sig värd något, han visade vad han erbjöd och hoppades att någonstans i Elin skulle hon uppskatta detta. Pojkarna tyckte han synd om också, detta var inte vad Abel ville skulle hända, men han var för svag för att säga emot, för svag för att stoppa Elin, kärleken styrde honom.

143

19

HANNA

(Maj 2019)

I polishuset i Växjö har det framgått ny information som får polische-
fen Magnus Kahlin att ifrågasätta sin utredning. Tidigare har det bara
varit män som försvunnit eller hittats döda runtom i Växjö och Campus.
Nu har hans kollega Vikoria meddelat att en kvinna varit försvunnen i
några dagar, vilket förstör deras teorier. Viktoria som har en utbildning
inom beteendevetenskap är mycket fascinerad av profilerings psykologi
och gärningsmannaprofilering, att gärningsmannen följer ett mönster
som tydligt går att spåra. Just denna gärningsmannen eller männen har
mördat eller kidnappat killar på natten och det stämmer med kvinnans
försvinnande. Mobilen stängs av och hittas i olika diken någonstans i
Växjö, detta stämmer också in på kvinnans försvinnande.

– Ännu en kvinna? säger Viktoria bekymrat.

– Är det med mening tror du? Förvirra oss? frågar polischef Magnus.

– Mm, kanske... eller bara fel plats, fel tidpunkt?

– Inte omöjligt. Du tänker att det är en flickvän till någon av dem? De
  kidnappar eller dödar henne som hämnd för något?

Magnus och Viktoria ser över allt bevis de har och försöker pussla ihop
det.

***

Det är sent på natten, Abel har städat Elins sovrum, bytt lakan och är
mitt uppe i att stycka Felix i lagom stora bitar, så han får plats i idrotts-
väskan. Felix armar och huvud är avsågade, de ligger i det blodiga bad-
karet och töms på blod.

På golvet i toan står burken, lite som en belöning Abel lagt upp åt sig själv, först genomföra det hårda jobbet innan han, i lugn och ro, kan dra ut tänderna och lägga dem i burken. Abel lyfter Felix i vänstra benet och börjar såga vid ljumsken, blodet fyller badkaret ännu mer. Elin har gått och lagt sig några timmar tidigare, Abel stannar upp och kollar på Felix döda kropp. Han tänker på hur Maja oskyldigt mördades framför honom och hur han kände sig maktlös, tvingades vara tyst och stå i cirkeln som en lydig familjemedlem. Det känns inte bra att utföra Elins smutsgöra, det har det aldrig gjort, men han börjar inse att hon kanske inte har ett stopp. Hon pratar om att de ska offra en kropp på midsommar och att allting kommer sluta då, men som det ser ut nu kommer Elins hunger bara växa.

Dagen efter kommer Elin hem och berättar att Hanna ska sova över, de städar lägenheten och gör den fri från alla hemskheter som sker där i. Nytvättade fönster, dammar av allt han ser, dammsuger och moppar golvet, pyntar fint med doftljus, vas med blommor och allt sånt. När han frågar Elin om Hanna ska sova i hennes säng svarar hon;
– Nej, hon ska sova hemma i sin lägenhet. Hon ska inte minnas hela natten, vi kör hem henne och säger att hon själv valde att gå hem.
Abel nickar och fortsätter städa toaletten.

När Hanna kommer på besök gömmer Abel sig i sitt rum där han pysslar i tystnad och limmar Felix tänder till en liten figur som vinkar. Utanför hör han Elin och Hanna prata och skratta i timmar och Elin erbjuder sig att göra drinkar till dem båda. Abel vet vad det innebär, men för första gången ska han varken skära eller stycka någon, han ska bara köra hem en drogad person. Han lägger inte ner mycket fokus på vad som händer utanför, allt han hör är att Elin krossar is i köket och plötsligt hör han Hannas röst i hallen mellan hans och Elins rum. Han hör att hon öppnar dörren till Elins sovrum och suckar tungt för han vet vad som väntar. När han frågade Elin om han skulle städa hennes rum och gömma leksakerna log hon och sa »nej låt det vara som det är«. Blicken i hennes ögon avslöjade hennes tankar och Abel känner henne tillräckligt bra för att veta att Elin hoppades lite på att Hanna skulle gå in i sovrummet. Elin gillar katt och råtta leken, att ha överläget och styra över någons öde får henne att må bra. Elin kommer svävande bakom Hanna och går in i sovrummet, när han hör Elin be honom komma fram öppnar han dörren och stirrar på Hanna. Hon är vackrare än vad han minns henne, på avstånd såg han inte alla detaljerna, hennes gömda smilgropar och fina blåa ögon, blonda glansiga hår. Abel vill säga till henne att hon ska springa men det är inte lönt, Elin hade dödat dem båda två.

Maja ber Hanna ge henne sin telefon, Hanna vägrar först med när Maja tar ett hårt strypgrepp om halsen på henne har hon inget annat val. Maja ber Hanna logga in åt henne, hon tar bort lösenordet på telefonen så hon kan gå in och ut själv. Hon tar några bilder på sina bröst på snapchat och skickar till killar, de nappar direkt och Maja bestämmer träff med dem samma kväll. På sängen sitter Hanna och gråter, kroppen skakar och Abel märker att hon börjar tappa fokus, ögonen hoppar inte lika snabbt längre, de fokuserar mest på golvet. Det är tyst i lägenheten, tvn i vardagsrummet är igång men allt annat är tyst.

– Bra, då ska du på dejt ikväll med några killar, vi får se hur det går, säger Maja med en hånfull ton i rösten.

När Hanna tillslut somnar tvingar Elin Abel att fängsla henne vid sängen och sedan köra ut till campus för att göra sig av med telefonen.

– Skriv i gruppchatten också »tack för ikväll Maja, det måste vi göra om!!«. Innan du slänger den.

Elin har bestämt en dejt med en kille på campus åt Hanna som hon kommer råka försvinna på. Abel gör som hon säger och åker iväg.

***

Måndagen därpå, tre dagar efter Majas och Hannas sleepover är Maja hemma hos Karl. Hanna har inte hört av sig på hela helgen och de är ganska oroliga. Karl föreslår att de ska fixa ihop ett »försvunnen-inlägg« åt Hanna, som de andra inlägg de sett och själva gjort tidigare.

– Jag fattar inte kopplingen bara, är hon den första tjejen som försvinner? frågar Karl oroligt.

– Jag tror det, säger Maja. Jag tror inte att det finns en koppling dock, kanske är helt orelaterat till Elin.

– Mm, jag är bara förvirrad och orolig för att något seriöst har hänt henne. Inget mönster att följa.

– Finns inget mönster att följa om personen inte har ett mönster den går efter, blir bara rent kaos verkar det som. Ska vi försöka ringa igen? frågar Maja hopplöst.

– Ja, testa.

Karl suckar djupt och begraver ansiktet i händerna medan Maja försöker ringa Hanna. Inget svar.

– Har du ringt hennes föräldrar? frågar han.

– Ja, jag har pratat med dem några gånger, polisen är kontaktad så jag vet inte vad mer vi kan göra.

– Vad gjorde ni i fredags egentligen? frågar han irriterat.

– Vi drack vin, kollade serie och snackade skit, det var väldigt trevligt faktiskt, otippat ändå. Men hon hade skrivit med killar på snapchat och bestämt en träff med någon av dem, vet inte vilken.

– Och du lät henne gå bara sådär? Full, till en främling? Efter allt som pågår?

– Har du träffar en full Hanna?! Vet du hur svårt det är att resonera med henne? Hon blir arg och irriterad, när hon väl bestämt sig för att knulla så ska hon fan knulla... hennes ord.

– Ja, jag vet, suckar Karl. Jag har haft samma diskussion med henne på fyllan.

– Men hon skrev ju i gruppchatten.

Maja försöker lugna Karl.

– Mm, men hon kan ju skrivit det innan hon kom hem till honom. Vad hette han?

– Ingen aning, hon skrev med tre personer, jag var ju ganska full jag också, minns inte vad de hette.

De sitter tysta i soffan, Maja lägger handen på Karls rygg och kliar honom försiktigt samtidigt som hennes huvud faller ner på hans axel.

– Vi går hem till henne igen och knackar på dörren, föreslår Karl.
Hoppas att hon kommit hem.

Maja tar tag i Karls ansikte med båda händerna och vänder honom till
sig, hon sätter panna mot panna och ger honom en lång puss för att
försäkra honom att hon är vid hans sida.

– Karl, snälla andas, vi måste vara lugna om vi ska hitta henne. Vi gör
detta tillsammans, kom ihåg det, älskling.

De sitter tysta och sorgsna i soffan en stund innan Maja rycker tag i
Karl och bestämmer att de ska gå till Hannas lägenhet.

Väl utanför lägenheten bankar de och ropar efter Hanna, Maja blir
känslosam ju längre det går utan något svar inifrån lägenheten. Gran-
nar kommer ut och undrar vad allt skrik handlar om, vissa av dem är
medvetna om att Hanna varit försvunnen hela helgen och andra får
reda på det i stunden.

– Jag ringer henne så får ni lyssna om det hörs något där inne, säger
Maja naivt.

Hon ringer och det är knäpptyst i trappen, alla lyssnar efter en telefon-
signal men ingen hör något. Maja sätter sig på golvet och börjar gråta.

***

Hanna vaknar upp av att någon både rör hennes svettiga och kladdiga
hud, men även att någon slickar hennes fitta. Fingrarna dras längs med
magen upp till hennes bröst och smeker dem, det gör ont med tanke på
alla sår hon fått när Maja piskat henne. Hanna vill stänga benen men
det går inte, det känns otroligt obehagligt att en främling tvingat sig
ner och slickar hennes fitta. Hanna blundar hårt och ber till gud att det
är över snabbt. Hon vet att det är Maja som ligger bredvid henne och
gnider skinn mot skinn, Hanna ligger blixtstilla av obehag, stel som en
pinne. Personen som slickar henne visar sig vara en kille då han börjar
stöna varje gång han slickar.

Maja smeker båda brösten och nyper hårt i bröstvårtorna samtidigt
som hon begraver ansiktet i Hannas nacke och pussar. Hanna skriker till

lite av obehag när Maja börjar pussa, hon försöker att inte andas högt, de senaste 48 timmarna har varit tortyr med Maja som försökt utforska sin sexualitet på henne. Piskor över brösten och magen som skapat öppna sår, hårda och kalla klämmor på bröstvårtorna som orsakar enorm smärta, mouthgag i munnen så hon tvingas svälja enorma mängder saliv, nästan så hon kvävs. Men värst av allt är alla dildos i olika storlekar som Maja försökt pressa in i henne, i alla hål, oavsett hur mycket Hanna skriker och rycker ifrån. Abel håller fast henne och Maja utforskar skrattandes. Varje gång Hanna ska gå på toa följer Abel med och håller henne så hon inte trillar omkull, hennes kropp är svag på grund av alla droger hon tvingas tas på kvällen, hon är konstant i ett nerdrogat stadie, minsta rörelse gör ont. Hanna rycker ifrån varje gång fingrar går över ett av såren eller killen som slickar henne gör en hastig rörelse,

Hanna gråter men blundar fortfarande.

– Karl är orolig, vi har ringt din mobil flera gånger senaste dagarna, knackat på din lägenhet, ringt dina föräldrar men ingen vet var du är, viskar Maja.

Majas röst är lugn och tyst och Hanna kan inte säga något med mouthgagen i munnen, inte för att hon vill säga något. Hon vill bara därifrån, att detta ska vara över. Maja fortsätter.

– Jag har honom för mig själv nu, tack vare dig. Han är perfekt för midsommar, det kommer bli underbart. Men så länge...ska jag leka lite med dig.

Hanna känner hur Maja ger henne en puss på pannan och reser sig ur sängen, Hanna ligger helt stilla, rädd för vad som komma skall, kroppen skakar av rädsla.

Hanna öppnar ögonen för att se vad som pågår, men det tar några sekunder för hennes ögon att vänja sig vid neonlamporna i det kolsvarta rummet. Hon kollar ner och ser en nerdrogad och glad kille försöka slicka hennes fitta, hans ögon är låsta på Hanna. Hanna skriker till av chock när hon ser honom. Han ler mot henne och fortsätter slicka, då märker hon vem det är, Sebastian. Han har antagligen blivit lovad en trekant med Hanna och Maja, blivit drogad och inser inte vart han har hamnat. Hanna försöker varna honom genom att skrika och röra på kroppen men han märker inget, hon kan inte göra något för att få honom att sluta.

Bakom honom står Maja och tar på sig en strap-on med en relativt stor dildo fäst vid den.

Maja börjar hångla med killen, han vet knappt vad som händer så drogad som han är, huvud kan han knappt hålla uppe. Han går ner och fortsätter slicka Hanna med rumpan uppåt i luften, Maja positionerar sig bakom och börjar smeka hans pung, runka av honom långsamt bakifrå. Han stönar högre och slickar mer aggressivare, det gör väldigt ont.

– Du ville ju ha en dubbeldejt? En trekant låter kanske bättre?

Hanna råkar kolla ut genom dörren i en sekund men fastnar med blicken, i hallen går den stora killen förbi med ett blodigt förkläde och en avsågad arm i handen. Hon kollar på Sebastian och ser att han har båda armarna kvar, vilket måste betyda att det är ett tidigare offer eller en vän Sebastian tog med sig, mest troligt, Anton. Hanna fastnar i tankarna i några sekunder men slungas tillbaka till verkligheten när Sebastian stönar till högt, Maja har börjat slicka han rövhål, på hans ansiktsuttryck verkar han njuta av det väldigt mycket men han är inte beredd på att Maja ska ta det steget längre när hon kör in dildon med all sin kraft.

Sebastian skriker till och stirrar på Hanna med rädsla i ögonen, han är medveten om vad som händer men kan inte göra något åt det. Maja knullar honom i röven flera gånger och hårt, det blöder och han försöker skrika varje gång men inget kommer ut.

– Du tyckte ju att det var kul sist? Sebastian, då var det ju kul, när ni skulle knulla oss, varför skrattar du inte nu? säger Maja ironiskt och argt.

När Maja tar honom i håret och håller upp hans huvud så hans ansikte kollar mot Hanna ser hon tårar rinna ner från hans kind. Hanna förstår inte att det är samma Maja hon ansett sig vara bästa kompis med, denna Maja är den demon med en död blick och ett själlöst leende.

Både Hanna och Sebastian gråter när de kollar på varandra medans han blir våldtagen av Maja, hon vill hjälpa honom men kan inget, de ligger båda hjälplösa och svaga. Hanna märker att Maja kollar på henne, motvilligt kollar hon tillbaka på Maja och innan Hanna hinner förstå vad Maja vill henne så drar Maja Sebastians huvud mot sig och skär upp hans hals. Blodet sprutar ut på Hanna, täcker nästan hela hennes kropp, hon kämpar med att få luft då hennes näsborrar är fyllda med blod och hon har svårt att öppna ögonen. Hon skriker med all sin kraft och rycker med hela kroppen. I ren chock skakar hon och gråter ovetande för vad som väntar henne, kanske ett liknande öde. Det är tyst i rummet, killen ligger död över Hannas högra ben och arm medan Maja torkar av svetten från sin panna, öppnar dörren och ger sin strap-on till Abel.

Hanna ligger tyst och gråter med stängda ögon och högljudda andetag, hennes puls är hög och hjärtat dunkar hårt.

***

På laptopen står det vanliga som på alla inlägg:

HJÄLP!!!
HANNA THORSSON FÖRSVUNNEN!!
23 ÅR, BLOND, 1.72M.
SÅGS SENAST 11:E MAJ!!
KONTAKTA POLISEN OM NI HAR INFO!

Denna gången skriver de längd, hårfärg och lägger upp två bilder.

Ända sen januari har det letats för fullt efter folk och Hanna är tyvärr bara en i mängden som polisen letar efter men Karl och Maja håller kontakten med Hannas föräldrar. Det finns ingen koppling till hennes försvinnande med de andra, inte för att det fanns någon koppling mellan de andra killarna som försvann, förutom att de alla bodde på campus och tog droger ibland.

– Tur vi har varandra ändå, säger Maja.

Ett patetiskt försök till att trösta Karl, men Maja måste fortsätta ha honom på sin sida så han inte misstänker något.

– Ja...

Maja märker ett tveksamt ansiktsuttryck på Karl, han fortsätter.

– Jag funderar dock på att åka tillbaka till Göteborg tidigare tills allt lugnat sig. Skippa bibblan och skriva klart slutuppgiften hemifrån.

Oh nej, nej, nej det får inte hända, Maja vill ha kvar Karl till midsommar så han kan fylla sin mening. Hon måste bibehålla den kärleken de har och övertyga honom om att stanna, att hon är allt han behöver, få honom att säga att han älskar henne och verkligen mena det.

– Tror du att du får det? Alltså av lärarna och ledningen? frågar Maja

– Kanske, vi har ju ändå bara slutuppgiften som ska in liksom, de få lektioner vi har skickas ju ändå ut som powerpoint som vi kan läsa av.

– Jo, sant. Men jag vill inte att du lämnar mig.

Maja omfamnar honom och kramar honom hårt, nästan en kvävande kram.

Karl kramar tillbaka och lyckas hitta ett andningsrum mellan hennes arm och huvud.

– Okej, okej, skrattar han. Vi får se hur jag gör.

Maja brottar ner Karl i soffan som hon brukar göra så de ligger ansikte mot ansikte.

– Ska du bara lämna mig tycker du?

Hon retas lite med honom och ler innan hon ger honom en kyss. Han ler tillbaka.

– Vad ska jag med dig till? skämtar han.

Maja skrattar och höjer på ena ögonbrynet.

– Jasså? Är det så du tänker? Då får jag visa dig vad du hade missat.

Hon ger honom ännu en kyss och sträcker ner handen in under hans kalsonger, öppnar upp byxorna och börjar runka av honom medan de hånglar. Hon rycker på ögonbrynen för att säkerhetsställa att han njuter och Karl nickar tillbaka, Maja kysser hans hals och jobbar sig neråt för att ge honom en avsugning. Han älskar det, hon kan verkligen sin grej och det går inte lång tid innan hon lyckas få honom att komma med sina

tungmetoder. Hon sväljer och slickar honom rent innan hon återgår
till att ligga bredvid honom och mysa. Det är tyst i Karls lägenhet, han
blundar och försöker återhämta sig efter vad som precis hände, Maja
lägger huvudet på hans arm och han kramar om henne.
– Jag ska inte lämna dig, viskar han.
Maja ler och ger honom en puss.
– Du anar inte hur mycket det betyder för mig, jag ska inte lämna dig
    heller, viskar hon och smeker hans kind.
Karl rycker upp sig och tar på sig kalsongerna igen.
– Vi måste dock fokusera på Hanna.
– Ja, herregud det måste vi! Vi får mysa när vi hittar henne, säger Maja.
De skickar ut inlägget om att Hanna är försvunnen och redan klockan
15.00 har inlägget spridit sig över hela campus och Växjö med hjälp av
klasskompisar.

De hoppas att den når ut lika långt som alla andra inlägg gjort, till
orter runt om Växjö och ännu bättre i hela Sverige.

***

Dörren till sovrummet öppnas, ljuset från lampan i hallen bländar
Hanna, men Abels stora byggd täcker för ljuset när han ställer kliver in
i rummet. Försiktigt lossar han Hannas fötter och armar men han har
en kniv i handen som Elin beordrat honom att han ska ha ifall Hanna
försöker fly. Han för bort henne till badrummet där han hjälper henne
duscha, Hanna står i duschen och skakar, hennes ben är svaga och såren
gör ont. Abel tvålar in hennes rygg försiktigt, hjälper henne scham-
ponera in håret men han rycker ifrån varje gång Hanna visar att det
gör ont. Vattnet är perfekt och när de är klara hjälper Abel henne att
torka sig och borsta tänderna. Hanna kan knappt gå utan hjälp efter alla
droger Maja gett henne och alla tortyr hon gått igenom så någonstans
inombords är hon tacksam att Abel är så försiktig med henne. Han föl-
jer henne ut till köket där han ger henne mat och dryck men han står i

dörren och iakttar henne så hon inte springer iväg, även om han vet att hon inte har kraften till att springa, men Elins order lyder han.

– Kan jag få min telefon? Snälla. Jag måste ringa min mamma, säger
    Hanna med en svag röst.

Abel kollar på henne men säger ingenting, han tittar bara ner i golvet och skakar lite på huvudet. När Hanna ätit klart går de tillbaka till sovrummet, Abel byter lakan medan Hanna väntar i hörnet och när han är klar lägger hon sig i sängen igen och han fängslar fast henne, precis som hon var när Elin lämnade dem.

***

På kvällen en dag efter de skickat ut inlägget om Hanna går Maja och Karl, tillsammans med klasskompisar, ut i skogen runtom Campus för att leta. Kanske har Hanna dykt upp, rädd och förvirrad i skogen eller har hon trillar eller fastnat någonstans och har inte kunnat komma loss.

– Vi får inte tappa hoppet oavsett hur svårt eller jobbigt det känns,
    repeterar Maja hela tiden.

På kvällen efter enl ång dag av letande hamnar de åter igen hemma hos Maja för att skriva på en skoluppgift. Maja kliar Karl på ryggen medan han skriver, han tittar bort från laptopen och kollar glatt på Maja som kollar honom i ögonen och ger honom en mjuk kyss. Hon sitter tyst en kort stund medan Karl skriver, tillslut säger hon:

– Följ med mig till min sommarstuga över sommaren, bort från allt
    kaos. Inte långt kvar av terminen ju, några veckor vid sjön, dricka öl,
    grilla, bada. Sena kvällar under stjärnorna bara du och jag, lyssna
    på musik och prata om allt möjligt. Vi kan fira midsommar där, bara
    vara.

– *...de mitt motto de..*

Maja börjar skratta och Karl likaså. Hon var inte beredd på att Karl skulle citera Morran från »Morran och Tobias«, men de förstod varandras humor. Hon ger honom en kram och han lutar sitt huvud på hennes axel. De njuter av varandras sällskap och deras själar är lugna i harmoni. Karl stänger ner laptopen och Maja lägger sig nästan på honom på soffan så de båda ligger ner och sätter igång tvn som bakgrundsljud.

– Vart ligger stugan? frågar Karl nyfiket.

– Ner mot Skåne.

– Ja juste, det har du ju sagt innan. Har du bilder?

– Nej tyvärr inte på telefonen, tror min mamma eller pappa har det på sina. Kan be dem skicka om du vill.

– Nej, det behövs inte, men det hade varit väldigt härligt att åka iväg.

– Några veckor kvar av skolan ju, vi kan ju se en vecka som passar, tänker jag.

– Absolut, Midsommar hade ju varit kul också. Om du vill att jag ska fira med din familj.

– Ja men varför inte.

Maja ler och ger Karl ännu en puss. I sovrummet ligger Hanna nerdrogad i en djup sömn. Elin har bett Abel köpa ett elektriskt hundkoppel som ger henne en hård stöt om hon börjar skrika, han har även gett henne droger så hon håller sig lugn. Abel står i rummet och bevakar henne, han har fått klara order om att inte göra något ljud ifrån sig och absolut inte komma in. Han tittar på Hanna, hennes lena hud, blonda hår och såren på kroppen som han kände på när han hjälpte henne duscha. Abel kan inte sluta tänka på Hannas bröst och fina rygg som han fick ta på när han hjälpte henne duscha. Han går fram till sängen och tar försiktigt på hennes mage men håller ett öga på henne ifall Hanna vaknar, vilket hon inte gör. Abel fortsätter att smeka hennes bröst, Abel har aldrig sett en så fin kvinnlig och naken kropp förutom Elins.

De flesta nakna kroppar han sett har varit killar, antingen de som Elin dödat eller de män som våldtog honom när han var liten. Det känns konstigt men skönt att få röra Hanna, en frihet han inte är van vid men han gillar det. Abel går in närmare med näsan för att lukta på henne, hon luktar nyduschat. Fingrarna går upp längs halsen och upp med kinden som han smeker sakta, torkar bort hennes tårar. Han luktar på hennes blonda hår, känner på det, så mjukt och lent.

Abel sätter sitt ansikte tätt intill Hannas för att känna hennes andetag och låter hennes hår vidröra hans kind, Abel blundar och njuter av den varma huden och det mjuka håret. Ingen han låtit honom komma såhär nära förutom Elin och det väcker vissa känslor inom Abel. Hanna öppnar ögonen lite halvt, Abel märker att hon rör på huvudet lite och kollar upp på henne, när de får ögonkontakt rycker Hanna till av förvåning och skriker till lite genom gagballen. Abel hoppar tillbaka uppskrämd av Hannas plötsliga ryck. Han hör Elin säga något till Karl och sekunder senare öppnas dörren till sovrummet.Hon ser Abel stå bredvid sängen i ett ljusblått och rosa neonfyllt rum. Elin ser att Hanna är vaken och livrädd, ögonen uppspärrade och andningarna frekventa och tunga. Abel kollar rädd på Elin, rädd för vad hon kommer göra mot honom för han väckte Hanna.

– Godmorgon, säger hon och hukar sig bredvid Hanna.

Hannas uppspärrade och rädda ögon kollar tillbaka på Maja.

– Jag och Karl pratade just om dig, hur mycket vi båda älskar och uppskattar dig. Han gör allt för att hitta dig och få dig tillbaka. Så synd att det behövde bli så här, viskar hon och klappar Hannas huvud försiktigt.

Hanna försöker skrika men Elin tar tag i hennes hals och håller hårt, Hanna gråter och Elins blick är kall och död, de håller ögonkontakt tills Hanna tillslut tappar medvetandet av stryptaget. Elin öppnar lådan på nattduksbordet och ger Abel tabletter, under nattduksbordet står en flaska vatten.

– Ge detta till henne när hon vaknar så sover hon ett bra tag till.

Hon byter snabbt om, tar ett djupt andetag och förvandlas till Maja igen innan hon går ut till Karl.

– Vet du vad vi behöver? En drink! säger hon och stänger dörren efter sig.

Maja skuttar upp ur soffan och nästan svävar till köket, Karl ligger kvar i soffan och följer henne med blicken, han vet vad »en drink« innebär.

I hopp om att Karl inte fokuserar mycket på potentiella ljud från sovrummet bestämmer sig Maja för att supa ner honom och kanske droga honom lite så han tappar fokus. Hon går in i köket och blandar två drinkar, hon gör en drink till sig och en speciell till Karl innan hon svävar tillbaka in i vardagsrummet igen där de skålar och har det mysigt tillsammans. När de tagit några klunkar fortsätter Karl prata om Hanna.

– Hur gör vi med Hanna då? Om vi ska gå till stugan

– Ingen aning, suckar Maja. Vi har gjort allt vi kan, polisen letar efter henne, Missing People letar, vi letar för fullt när vi kan. Inlägg på sociala medier är uppdaterade med hennes bild. Vafan mer ska vi göra?

Maja låtsas vara irriterad och ledsen, Karl smeker hennes rygg för att trösta henne.

– Jag vet inte, jag hoppas att vi hittar henne snart... säger han.

– Du tror inte att hon kanske är...

Maja låtsas gråta innan hon kan avsluta meningen.

– Schh, Schh. Nej, sluta tänka så, vi hittar henne, oroa dig inte.

Hon begraver ansiktet i hans bröst och gråter. Karl tröstar henne och försäkrar henne om att han aldrig ska lämna henne, hon kan känna sig säker med honom.

Maja torkar de falska tårarna och sätter sig upp för att ta några klunkar till, Karl tar några han också. Han känner att alkoholen börjar ta hårt. De lägger sig i soffan igen och kollar på varandra, Karls blå ögon har börjat hänga lite, Maja märker att han har börjat bli full. Hon börjar smeka honom ovanför byxorna.

– Vill du ha repris från igår? frågar hon och ler.

Karl vaknar till liv så exalterad han blir, de börjar hångla och hon smeker honom långsamt.

– Ska vi gå in till sovrummet, viskar han.

I sovrummet har Abel klätt av sig och ligger nu bredvid Hanna, hon är återigen nerdrogad och har ingen aning om vad som händer runtom henne.

Abel är också hård, som Karl, men inte av samma anledning, han känner sig trygg. Värmen från Hannas kropp ger honom en varm känsla i själen. Sitt vänstra ben har han lagt över Hannas midja medan han kramar om henne med sin vänstra arm, handen smeker hennes livlösa kind. Han ligger tyst, inte för att han är rädd att Maja och Karl ska höra honom, men för att han njuter av stunden. Sina andetag synkroniserar han med Hannas och i hans huvud har de blivit ett med varandra.

Maja låter inte Karl tänka så mycket på sovrummet, hon ska visa honom vad Elin går för. Hon suger av honom på soffan igen och sätter sig sedan på hans kuk. Den glider in smidigt, hon är våt. Hon börjar rida långsamt men ökar farten, det blir vildare och mer passionerat. De testar olika positioner, Maja lämnar rivmärken på ryggen, Karl lämnar bitmärken på röven och halsen. Det är svettigt och passionen stiger.

Karl försöker dra med henne till sovrummet några gånger men hon kämpar emot, de har sex i hallen och i köket bara för att Karl inte ska öppna sovrumsdörren.

När han knullar Maja på köksbordet ser hon rakbladet på en hylla bakom honom, hon blir väldigt sugen på att ta den och skär lite i Karl, men får vänta tills de är klara i köket innan hon kan ta rakbladet.

– Vi kör på soffan igen, viskar hon.

Karl drar ut kuken och tar Maja i handen, han vinglar ut till hallen och in till vardagsrummen, Maja tar tag i rakbladet på väg ut ur köket.

Han kastar henne på soffan och förbereder sig för att knulla henne.

– Vänta vänta vänta, säger Maja.

Hon sätter sig upp och ger Karl hans drink, tvingar honom dricka upp det sista. Utan att tveka tömmer han drinken och puttar ner Maja i soffan igen. Det dröjer inte länge in i akten innan det plötsligt börjar snurra för Karl. *»Var drinken så stark?«*, tänker han.

Han kämpar med att hålla koll på vad han gör och känner att Majas rivtag på ryggen känns varmare än innan, de bränner lite men han gillar det.

Hon puttar ner honom på golvet och sätter sig på honom, rider honom samtidigt som Karl börjar bli mer och mer okontaktbar. Maja ser att Karl kämpar med att hålla ögonen öppna och försöker vara delaktig i sexet, hans händer går ibland upp mot hennes bröst men trillar snabbt ner på golvet.

Maja stryper honom lätt och med rakbladet i höger hand gör hon ett litet jack i sidan av halsen på honom, inte så synligt. När hon ser blodet rinna ner längs Karls hals väcks Elin, hon släpper ut ett litet glatt skrik och slickar långsamt bort blodet från halsen så Karl inte ska märka något, det gör henne genast våtare.

Hon börjar rida hårdare och tar tag i Karls hals, stryper honom och ser hur livet ur hans ögon försvinner, det lilla liv alkoholen inte hade dödat.

Abel hör skriket från vardagsrummet och ställer sig upp ur sängen, han hör Maja och Karl hålla på och blir nu nyfiken på vad de gör. Abel tar på sig kläderna och öppnar tyst dörren, han smyger ut till vardagsrummet och ser Maja sittandes på Karl. Han vet att hon snart kommer avsluta jobbet och vanligtvis ser Abel fram emot det, att lidandet tar slut för honom när Maja inte längre är med andra killar.

Men nu känner han inte som han brukar göra, nu när han fått vara nära Hanna ser han inget riktigt syfte i att bevisa sig för Maja.

Han går fram till henne och sätter sin hand på hennes axel så hon slutar röra sig, Maja tittar upp och ser Abel, hon inser vad det är hon håller på med, hon måste hålla sig och det vet hon, oavsett hur stor frestelsen är. Abel ger Maja hennes kläder och hjälper henne klä på Karl innan de ringer en taxi och hjälper honom in i taxin.

Maja följer med i taxin och hjälper Karl in i lägenheten där hon lägger honom i sängen och låter honom sova, hon lämnar honom där och går hem.

20

ROMARBREVET 6:23

(Juni 2019)

Polischef Magnus Kahlin sitter på sitt kontor på polishuset i Växjö och svarar på mejl när en kollega, Viktoria Enarsson, knackar på hans dörr och stiger in.

I handen håller hon några papper som hon sträcker fram till Kahlin.

– Godmorgon, vad har Enarsson åt mig idag? säger Kahlin glatt.

– Vi har en spårning på en av telefonerna, svarar hon seriöst.

Kahlin läser först ena pappret och sedan det andra i tystnad.

– Är telefonen kvar i lägenheten?

– Det ska den vara, den har inte rört sig på några dagar och var aktiv senast igår kväll.

– Åfan..

Kahlin sitter tyst en kort stund och kollar på pappret innan han viker ihop pappret och kollar upp på Enarsson.

– Bra, då samlar vi ihop en styrka och kör.

***

Hanna vaknar upp, återigen kallsvettig och klibbig över hela kroppen, på lakanet är det torkat blod från Sebastian. I munnen har hon fortfarande en gagball som är täckt med svett, tårar, saliv, den luktar äckligt och smakar ännu värre. På brösten har hon klämmnyporna som har gjort hennes bröstvårtor lila, minsta lilla rörelse på brösten och Hanna vill skrika ut av smärta.

I hopp om att något förändrats sen hon somnade in försöker Hanna röra på armar och ben men inser direkt att hon fortfarande är fastbunden i sängen, ingenstans att ta vägen och ingen som kan höra henne skrika. Hon känner värme från vänstra sidan, någon som ligger bredvid henne, hon känner sig iakttagen, någon som kollar på henne. Hanna kollar åt sidan och ser att Maja ligger bredvid henne och beundrar henne.

– Du är så vacker när du sover, viskar Maja.

Hon ger Hanna en mjuk puss på kinden och går ner på Hanna igen, leker med fingrar runt om och i hennes fitta. Med fingrarna i tvingar hon samtidigt in en dildo i Hanna och drar i kedjan som är fäst mellan klämmnyporna på brösten, Hanna skriker och gråter av smärta. Maja får syn på sin piska som hänger på väggen, en piska med många remsor av hårt läder som kan orsaka en hel del smärta. Maja drar piskan långsamt över Hannas nakna kropp, Hanna skakar och är stel samtidigt med skräck i ögonen, mycket väl medveten om vad Maja är kapabel till.

BAM!! Maja slår henne med piskan så hårt hon kan över magen utan förvarning . Hanna skriker och rycker med kroppen så hårt hon bara kan, hon vill rycka sig fri, skydda sig på något sätt. BAM! Maja slår till igen och Hanna skriker ännu mer, kroppen försöker hon vända bort ifrån Maja så hon inte kan slå henne mer.

BAM! Maja slå till igen och träffar sidan av Hannas kropp, revbenen och brösten tar smällen. Saliv sprutar ut från Hannas mun och tårar rinner ner för ansiktet, de öppna såren från piskan släpper ut lite blod.

Hanna skriker och rycker, Maja slår henne gång på gång på gång, på benen, låren, halsen, armarna överallt lämnar hon djupa och vassa spår av piskan.

Maja slutar och hänger tillbaka piskan på väggen igen, när hon vänder sig om får hon ögonkontakt med Hanna, bakom tårarna och salivet försöker Hanna säga något till henne. Maja går närmare och smeker Hanna på pannan försiktigt.

– Sshh, vila dig nu, vi får prata sen. Bara vänta tills jag kommer hem, vi kommer ha så kul tillsammans, du och jag. Bästa vänner, som du alltid velat ha det.

Hon tar med sig sina kläder och går ut för att duscha.

Maja har en heldag planerad med Karl, hon ska ta honom på en dags-
utflykt.

Det tar henne en timme att duscha och fixa sig inför utflykten och på
vägen ut går hon förbi köket där Abel sitter, hon stannar upp.

– Ta hand om henne, säger hon och kollar på Abel.

Abel äter flingor och han nickar utan att säga något.

***

– Vart ska vi? frågar Karl ivrigt.

– Bara kör mot Malmö, det är en överraskning.

– Oj oj, spännande.

Maja ler och smeker Karls kind medan han kör.

Hon har packat en picknick som de ska njuta av med det härliga vår-
vädret.

De kör ner mot Malmö i cirka 30 minuter och lyssnar på Ted Gär-
destad harmoniskt, Maja sjunger som om hon håller i en konsert, glad
och energisk. Mitt i sjungandet ber Maja Karl att svänga höger mot en
mindre väg.

– Vislanda? frågar Karl.

– Du ska få se något spännande.

***

Dörren till sovrummet öppnas sakta. Abel går lika sakta in och stäl-
ler sig bredvid Hanna som kollar upp på honom med rädsla i ögonen,
svettig och blodig.

Han känner på hennes hår som inte längre är lika mjukt och fint, nu
är det smutsigt, fullt av fett, svett, snor, tårar och torkat blod.

Abel drar sina fingrar längs med såren på hennes ansikte, hals, ar-
mar och kropp. Hanna blundar och skakar av smärta. Abel tittar på
henne som en hund, huvudet först på en sida, sen på andra och följer
hennes blodiga kropp med ögonen medan han andas tungt. Han tar ut

gagbollen ur hennes mun. Hon vet inte hur hon ska reagera och ligger därför blixtstilla.

***

– Jag vill visa dig något, sväng vänster där framme.

– In på grusvägen?

– Japp.

Karl svänger in och följer grusvägen, han ser bara övergivna gamla hus.

– Är detta Vislanda? Vad gör vi här?

– Du vet kulten Niklas pratade om, som du googlade fram?

– Aa? Ska vi till kulten?

– Typ, vi ska till gården de bodde på, det finns massor med sjuka saker.

Karl följer den lilla grusvägen, djupare in i skogen och han kan inte låta bli att tänka att de är helt ensamma här ute. Om bilen går sönder kan ingen hjälpa dem, förhoppningsvis har de täckning på mobilen och förhoppningsvis stöter de inte på någon gammal familjemedlem som dödar dem. Karl är nervös men vill inte visa Maja.

De kör fram till en grusplätt med det stora vita huset på högra sidan som han sett på internet flera gånger, läskigare i verkligheten. Ladugården står på vänstra sidan av bilen och ett litet skjul på gräsmattan. De går ut ur bilen och ser sig omkring, de tar in miljön. Det stora huset, den gröna gården full av maskrosor och träd, det luktar som en vår ska lukta. Maja går runt på gräset och kollar runt.

– *Vi var barn som ingen ondska kunde nå, himlen var så blå...*

Karl hör hur Maja sjunger harmoniskt när hon går mot ett skjul mitt i trädgården.

– Du gillar den låten va?

– Den påminner om barndomen, vårkänsla när allt kändes enklare, säger hon och sätter handen på skjulet.

Skriken och stanken kommer tillbaka till Maja så fort hon känner på skjulet eller strafflådan som den kallades, lika hemsk nu att kolla på som då, Maja får rysningar i kroppen. Hon fortsätter mot huset och Karl följer efter.

Han följer efter Maja in till köket där de båda går runt och kollar på de dammiga möblerna, tavlorna och allt annat.

– Fyfan va läskigt, hur länge har det varit tomt här?

– Sen 2015 tror jag, inte säker, när morden hände och alla dog.

– Jävlar.. obehagligt ändå.

Karl går till hallen med tavlorna, kollar på dem en och en.

– Kolla, svarta huvor. Det var verkligen en kult. Kolla på barnen också, så små.

– Så oskyldiga, de hade nog ingen aning om vad som pågick egentligen.

Hon tar ner tavlan på henne, Abel, *Mor* och *Far*, kollar på den ett tag och ler.

– Tycker du det är intressant?

– Vadå?

– Du ler och kollar på bilden. Något du tycker är kul?

– Nejdå, bara intressant att en kult har pågått här, en riktig familj med barn. Inget sånt man ser på tv som känns overkligt.

Karl kollar på tavlan som Maja håller i några sekunder.

– Hon lilla tjejen liknar dig lite, söt liten brunett, skojar han.

Maja sätter tillbaka tavlan på väggen och skrattar. Hon går in i ett av sovrummen.

– Tänk att de sovit här, 1 2 3 sängar, tre pers har sovit här som varit del av allt det där sjuka man läst om.

Karl går runt i rummet i tystnad, känner på metall-sängarna och de gula smutsiga kuddarna.

– Tror du de hade orgies här inne? frågar han.

– Kanske, mumlar Maja. Jag har hört att det finns en källare, kanske något spännande där inne? Vågar vi gå ner och kolla?

Karl ser tveksam ut men nickar tillslut, övertalar sig själv att det kan bli spännande även om han innerst inne är rädd.

Han går ner mot källaren steg för steg, det är kallt och bara en glödlampa i taket som knappt lyser upp rummet.

När Karl kommer ner till källaren har Maja redan försvunnit och den enda vägen hon kunde gå är genom bokhyllan som står öppen, in till en mörk tunnel.

– Hallå! Maja?

Karls röst ekar in i tunneln, längst in hör han Maja vissla svagt.

***

Hanna vågar inte röra sig, inte för att hon har kraften till det heller.

Det kittlas på fötterna när Abel rör vid dem men varje gång han drar fingrarna över ett öppet sår som blivit kvar av piskningarna hon fått av Maja rycker Hanna till, det gör väldigt ont. Abel tar ett steg tillbaka ifrån sängen, tar upp en telefon och fotar Hanna fyra gånger från fyra olika vinklar med blixt på. Efter det rör han sig upp mot hennes vänstra arm som är uppe vid vänstra hörnet på sängen, smeker hennes blodiga arm men Hanna känner knappt någonting, armarna har legat utsträckta så länge att hon nästan tappat känseln i dem. Hon känner dock att Abel håller på med något, hon kollar åt vänster och ser att Abel låser upp handfängslet, hennes vänstra arm är fri. Abel går till högra handen och gör samma sak, Hanna ligger nu med benen fastspända och armarna fria, hon har ingen kraft att röra på sig och armarna är som spagetti som inte gör som hon säger. Hanna vänder sig om och armarna kommer några sekunder efter, hon ligger och gråter, allting gör ont, minsta lilla rörelse.

***

– Du stora djävul, skona oss från våra synder och ge oss kraften att ta över denna hemska värld.

Maja står på podiet och fjantar sig, hon låtsas rabbla något på latin men säger de riktiga verserna hon kan. Karl står vid bordet i mitten av rummet och kollar på henne, han är rädd.

– Detta är så sjukt, blodet ser nästan färskt ut.

Karl rör på bordet och märker att blodet inte alls är så gammalt som han trodde.

– Har det hänt saker här efter 2015, tror du?

– Hur menar du?

Blicken i hennes ögon lyser upp när Karl ställer frågan, en annorlunda blick från vad hon tidigare haft, en kåt djävulsk blick.

– Känns som det utförts mord här nyligen, om man kollar på blodet på bordet så ser det ljusare ut på vissa ställen. Dammet på golvet visar andras fotsteg.

– Det är våra fotsteg, väl?

– Nädu, jag tror det varit folk här senaste månaden kanske, eller veckorna..

– Åfan, säger Maja. Tänk om det fortfarande pågår, kulten och uppoffringarna.

Karl kollar på Maja och ser att hon inte alls är lika rädd som han, hon tycker nästan detta är kul eller spännande. Hennes ögon lyser på ett läskigt sätt och leendet på hennes läppar är obehagligt.

– Mår du bra Maja? Du verkar lite konstig.

– Jadå, jag kan inte kontrollera det men när jag möts av saker som påminner om döden kan jag inte sluta le. Förlåt, jag vet att det är sjukt, är väl en metod att hantera det på.

Hon står och kollar på Karl och sedan på bordet.

– Vill du lägga dig på bordet så vi kan se hur det såg ut när de offrade folk? frågar hon.

– Naah, helst inte. Bordet är ju sjukt smutsigt och äckligt.

– Kom igen, jag kan lägga mig först så kan du.

Maja stannar mitt i sin mening och går bort till de röda gardinerna, letar bakom dem.

Hon går runt i rummet och letar för fullt. Karl kollar på henne förvånat.

– Vad letar du efter?

– Du kommer få se, vänta. Vänta där, jag kommer snart!

Maja går ut från källaren, lämnar Karl helt ensam i en mörk, tyst källaren. Bara Karl och den stora statyn av djävulen som stirrar på honom, iakttar varje steg han tar i källarna. Karl går upp på podiet där han har en bättre översyn över rummet, det blodiga bordet och på golvet runt om den djävulska symbolen ser har små svarta märken. Placerad i en halvcirkel, väl utmätta och placerade på golvet runt symbolen som bordet står på, Karl förstår att det är där medlemmarna av kulten måste ha stått under uppoffringar och ceremonier. Under podiet finns en låda som är halvöppen, Karl öppnar den helt och ser en blodig kniv och en bibel av något slag. Både lådan och bibeln har blodfläckar i sig på grund av kniven så Karl är försiktig med att plocka upp sakerna. Han öppnar bibeln och det är bara en massa text på latin, satanistiska symboler och teckningar på folk som offras till djävulen med bilder på folk som utför ritualer. Många bilder av djävulen också, Karl bläddrar nervöst men nyfiken i boken, han vet inte själv vad han letar efter.

– Vad gör du?

Karl hoppar till när rummet plötsligt fylls av ett eko, Maja står vid ingången till källaren och kollar på honom, hon håller i något svart täcke.

– Jag hittade en bok och en kniv i en låda, jag tror det användes under ritualerna.

– Du ska inte röra dom.

Tonen i Majas röst har helt förändrats, tidigare skojade hon och var retsam men nu är hon seriös nästan irriterad.

– Va? Vadå inte röra?

– Bara är bara *Far* som får öppna boken...

Maja stirrar på Karl utan att blinka, hon är seriös i sin ton och Karl känner sig illa till mods, rummet fylls av obehag och tystnad.

De stirrar på varandra, Karl är förvirrad och plötsligt slår det honom att han står i den mörka källaren till ett kult-hus där folk mördats. Personen han är med verkar ha bytt attityd helt och hållet till något han aldrig sett förut. Han greppar diskret tag i kniven och förbereder sig på vad som helst, han har sett många skräckfilmer där andar tar över människor, hur dumt det än låter kan det vara en möjlighet.

– Ja, har du inte läst på om kulten? säger hon retsamt och skrattar lite.

Hennes attityd och röst förändras igen till glad och lekfull.

Karl skakar på huvudet nervöst, förvirrad över hur Majas aura förändras så snabbt men även tveksam över vad det är hon syftar på.

– När de hade ritualer här var det bara en person som fick stå på podiet och läsa ur bibeln, bara en person som fick röra boken och kniven. Det var *Far*, som de kallade honom. Han gamlingen på bilderna du såg, han var kult ledaren som styrde allt.
– Hur vet du det?
Karl lossnar sitt grepp om kniven lite men inte helt.
– Jag läste det på internet, när jag googlade huset kom det upp en hel sida om kulten och vem som var bakom det.
Hon går fram till Karl och sträcker ut det svart täcket hon håller i handen.
– Typ som de här, det stod på sidan att de klädde sig i svarta silkesrockar under ceremonierna så jag tänkte att de borde finnas kvar... här är de.
Karl tar rocken och håller upp den, en mörk, tjock och lång rock som utstrålar sorg och negativitet.
– Vi provar dem och så kan vi leka kult, se hur det såg ut, säger Maja och tar på sig sin rock.
Hon går fram till Karl och tar tag i hans hand, förföriskt och mjukt tar hon kniven ur handen på honom, Karl släpper tag i kniven och tar på sig rocken medan Maja går bort till bordet.
– Så, en person ligger nog såhär...
– Offret. säger Karl snabbt.
– Ja... offret ligger på bordet med armar och ben utsträckta. Ledaren, *Far*, står på podiet och ber. Ska du lägga dig?
Karl står vid bordet igen och kollar på det, tveksam över om han verkligen vill lägga sig där, humörsvängningarna Maja hade tidigare skrämde honom och hon kan lätt göra det igen. Innan Karl hinner lägga sig på bordet ringer Majas telefon, hon tar upp den och går snabbt ut till köket. Det hinner sluta ringa tills hon kommer till köket så hon ringer upp personen. Karl går sakta efter för att höra vad det kan vara.
– Vad? svarar hon.
Mer säger hon inte, hon står tyst ett tag, i den svarta rocken.
Karl går ut till köket, Maja är likblek och det ser ut som om hennes

själ lämnat kroppen. Karl ställer sig framför henne med armarna på hennes axlar.

– Vad hände? Maja...vem ringde? Är det allvarligt?

Maja stirrar ut mot hallen, tom blick i ögonen, Karl försöker få hennes uppmärksamhet.

***

Abel sitter i köket i tystnad, Hanna gråter i sovrummet bredvid och Abel försöker samla sina tankar, osäker på vad han gjort och vad han ska göra.

Han går in till sovrummet, öppnar en av lådorna och tar ut en necessär, tar med necessären till köket, öppnar den och häller ut innehållet.

ID-kort, alla killar Elin knullat och dödat, alla deras mobiler och ID-kort fanns i necessären som nu är utspritt på köksbordet. Han gör två mackor med skinka och ost och häller upp ett glas vatten. Abel tar upp sin telefon och ringer Elin medan han går in till sovrummet. Elin svarar inte först så han börjar knyta loss Hannas fötter men Elin ringer snabbt tillbaka.

– Hon har rymt, säger han med sin tysta röst och kollar på Hanna.

Elin är tyst i luren, Abel lägger på. Lugnt och försiktigt knyter han loss Hanna.

Hanna kan inte gå, all tortyr hon tagit, brist på mat och ingen mobilitet i benen på flera dagar har gjort att hennes muskler blivit väldigt svaga.

Abel lyfter upp henne ur sängen och hjälper henne gå ut till köket, på soffan i vardagsrummet ser hon sina kläder ihopvikta i en hög. Hon sätter sig ner på en stol i köket, fortfarande rädd för vad Abel planerat men ingen kraft att springa iväg. Hon sitter naken och rädd, Abel skjuter fram tallriken med mackorna och glaset med vatten.

– Ät.

Det tar inte många sekunder innan Hanna klämmer i sig mackorna och druckit upp glaset. Nu sitter hon tyst i köket, naken och rädd. Abel kollar på henne och sträcker fram handen för att känna på hennes hår och visa henne att han inte är farlig men Hanna rycker ifrån av rädsla, hon blundar och spänner hela kroppen.

Abel ser hur rädd hon är, varje del av hennes kropp skakar och hon är praktiskt taget ihoprullad till en boll på stolen med fötter och armar i fosterställning.

Abel hämtar hennes kläder från vardagsrummet så hon kan klä på sig, han ger henne hennes telefon.

– Bilderna jag tog är på din telefon, visa polisen. Det finns ett hus utanför Vislanda också, jag har lämnat kroppar där.

Abel skriver ner adressen på en pappersbit och lägger den i Hannas hand, hon vågar inte kolla på honom. Hanna klär sakta på sig sina kläder, varje rörelse gör ont och när hon tillslut är fullt påklädd öppnar Abel ytterdörren och tar några steg tillbaka.

Som att låta ett litet rådjur kliva ut till världen för första gången, Hanna är väldigt tveksam till att gå ut, hon vet inte vilken sjuk plan han och Maja har planerat, om detta nu ingår i deras sjuka lek. Hanna går långsamt mot dörren, steg för steg, när hon tar steget över tröskeln och ut till trappen tittar hon bak mot Abel för att se om han går efter henne men Abel står vid vardagsrummet och kollar på henne. För första gången i sitt liv känner Abel att han gör något rätt, hans för alltid sorgsna ansiktsuttryck får fram ett svagt leende som aldrig funnits där tidigare, inte sen han blivit tonåring och vuxen i alla fall. Han ler mot henne och nickar att hon ska gå, hon är fri.

Hanna försöker springa ut med benen är inte så starka ännu så hon trillar nästan i trappen, öppnar dörren till trapphuset och känner vinden slå hennes ansikte, äntligen ett djupt andetag av frisk luft.

En frihet hon aldrig trodde hon skulle känna, så många känslor på en och samma gång, tårar av sorg blandade med tårar av glädje, all eufori och lycka slår till och gör henne yr. Hanna försöker ringa sin mamma som försökt få tag i henne i flera dagar, handen skakar för mycket för att ens kunna hålla i telefonen.

Från fönstret ser Abel hur Hanna går ner för gatan, han vet att Elin är påväg och det tar ca 30 minuter att köra hem till kollektivet, det har redan gått 20.

Elin kör säkert jävligt snabbt i panik, misstänker Abel så hon lär nog vara hemma tidigare än vanligt. Han går till hennes sovrum igen och tar ut pistolen de tog från Pascal, kollar så det finns kulor i och sätter sig sedan lugnt i köket.

Abel tar upp telefonen och ringer polisen, lugnt och sansat anmäler han ett mord på deras adress och att han vet vart de försvunna pojkarna tagit vägen, han avslutar med att säga sitt namn och Elins namn, sedan lägger han på och kollar på id-korten på borden. Tystnad och lugn i lägenheten, inget skrik och ingen rockmusik, han känner lugnet inom sig som han känner varje gång det är tyst vid frukosten. Han vet att han gör rätt beslut, han lossar en stor sten från sina axlar som Elin satt dit och han tänker inte längre tippa på tå runt henne i rädsla över vad hon kommer göra, han är äntligen fri. Plötsligt kom han att tänka på något han såg på en av anslagstavlorna på campus, ett citat från den svenska kyrkan de hade lagt upp, bara en liten lapp gömd bland alla de stora nyhetsbreven och affischerna. Romarbrevet 6:23

»Ty syndens lön är döden, men Guds gåva är evigt liv i Kristus Jesus, vår herre«.

Det citatet fick Abel att känna sig konstig, skyldig nästan och han stirrade på det länge, alla Elin dödat, vad var deras synder för att förtjäna en sådan död?

Som Abel förstod det så är evigt liv inte att leva för evigt utan att bli fri från sina synder, Guds gåva är att han finns där för de som behöver honom.

Sådana som *Far, Mor* och alla andra vuxna som utnyttjade Abel straffas inte för sina synder, om inte någon större kraft straffar dem, som Elin gjorde.

Nu har Elin blivit precis som dem, om inte värre och det är dags för någon att straffa henne som hon straffade dem. Abel vet vad han måste göra, han måste fria världen från sådana som Elin, sådana som han för Abel vet att han inte är fläckfri från det som pågått, för att bli fri från sina synder måste han offra något till Gud, istället för Satan. Dörren öppnas och Elin springer in, vansinnig och blodig springer hon till sovrummet.

– Vafan hände!?! Vart var du!?

Hon kommer inrusandes i köket och puttar in stolen Hanna satt på med all sin kraft.

Abel kollar på henne utan att ens blinka, innerst inne är han skakig och rädd men utåt andas han lugnt för att inte ge Elin en öppning. Elin märker att han inte är rädd för henne som vanligt vilket gör henne ännu mer arg men mest irriterad för hon känner att hennes makt över Abel kanske har försvunnit. En sådan stor kille som Abel vill man inte ha emot sig och det vet Elin.

– Ska du in i garderoben igen?! VA!?

Abel kollar ner på bordet med sitt stela och livlösa ansiktsuttryck.

Då ser Elin alla id-brickor på bordet.

– Vafan är det här? Vafan håller du på med din jävla idiot?

När hon rör sig mot Abel hör hon ett öronbedövande ljud som får hennes öron att tjuta och samtidigt slängs hennes vänsterben bakåt.

Elin slår i hakan i bordet och ligger nu på golvet med hög tinnitus och blod runt om sig men allt går så fort så hon hinner inte lista ut varför det är så mycket blod.

Efter någon sekund känner hon den brännande smärtan överrumpla henne och nu kan hon inget annat än att skrika ut i smärta, hon ser pistolen i Abels hand under bordet och grips av chock. Abel har skjutit henne, mellan låret och knäskålen.

Elin kan inte ställa sig upp, hon kryper på golvet bland allt blod, fram till en stol hon försöker ta sig upp på.

Abel tar tag i det skadade benet och drar ut henne skrikande ur köket och in till vardagsrummet. Elin skriker och svär åt honom, tårar rinner nerför hennes kind och blod rinnter ut ur hennes ben. Abel håller i hennes vad och ställer sin högra fot på låret, trycker ner det mot golvet och lyfter upp hennes fot mot sig. Elin skriker av smärta, positionen Abel har henne i är plågsam och hon kan inte ta sig ut. För första gången ser Abel henne som en vanlig, rädd människa, Elin är inte uppe på en pedistal längre, hon har inte någon makt över Abel.

Kärleken och lusten han kände för henne tidigare är helt och hållet borta, han ser henne för det monster hon alltid varit. Abel kollar ner mot henne, de får ögonkontakt i några sekunder, Elin ber honom att sluta med en skakig röst och tårar i ögonen. Abel ser igenom krokodiltårarna och ger henne ett leende tillbaka.

Med all sin kraft drar han vaden han håller i åt fel håll och hör knäskålen knäckas, precis som alla de gånger han knäckt kroppsdelar på de killar hon dödat.

Elin skriker ut i smärta tills hon blir hes, ligger på golvet och skakar och vrider sig i smärta. Hon förtjänar inte att dö, hon är inte rädd för döden, den välkomnar hon nästan som en vän, Elin måste plågas, hon förtjänar att lida resten av livet.

Han tar tag i hennes andra fotled och funderar på om han ska stampa på benet och knäcka hennes andra knäskål. Han vet att han måste vara monstret hon skapat en sista gång, men denna gången för att göra något bra, något gott för en gångs skull. Abel trampar med all sin kraft och knäcker den andra knäskålen också, Elin skriker ut av smärta så högt hon bara kan, det ekar i lägenheten. Tyst går han sedan ut till köket, hämtar en hammare och går tillbaka till Elin, stampar hårt på hennes underarm för att hålla den på plats. Elin skriker och slår på honom men det funkar inte, en liten tjej på knappt 60kg mot en stor muskulös kille på nästan 100kg, för första gången sedan barndomen får Elin känna på hur det är att vara i underläge. Hon får känna på hur det är att vara offret. Abel tar tag i Elins hand och börjar slå på handen med all sin kraft, Elin skriker av smärta och handen börjar snabbt blöda, för att säkerhetsställa att hon inte gör om sina synder bryter Abel av några fingrar, en efter en hör han ljudet av ben som knäcks.

När han släpper henne försöker hon krypa iväg och gömma sig men Abel lyckas ta tag i den andra handen, ställer sig på underarmen och gör samma sak med den, bryter hennes blodiga fingrar som om de vore pinnar han hittat i skogen. Abel sätter sig blodig i soffan och lyssnar på Elins gråt och misär när det, inte efter lång tid, plötsligt ringer på dörren och de sekunderna när polisen stormar in i lägenheten känns som ännu en befrielse. Allt går i slowmotion, han kan äntligen andas ut och det känns så skönt, äntligen finns det ett slut på Elin. Hon förtjänar att ruttna i fängelset. Polisen stormar in i alla rum och Abel ställer sig upp med pistolen i handen, innan polisen hinner reagera har Abel lagt pistolen mot sin egen tinning och avfyrar ett sista skott.

EPILOG

»I torsdags natt larmades Växjöpolisen till en lägenhet i Hovshaga området där de möttes av en grovt allvarligt skadad kvinna i 20-årsåldern samt en kille i 23-årsåldern, skjuten till döds. I lägenheten hittades även bevismaterial kopplade till personer som anmälts försvunna under våren i Växjö-området, med kopplingar till ett mord som inträffade på campus i februari. Enligt vittnesmål har den skadade kvinnan även koppling till mordet på en familj i Vislanda som utfördes 2015, då ett inbrott sägs ha gått fel.

Utredningar i Vislanda har utförts och polisen hittade åtta döda kroppar dumpade i ladugården samt en kropp i köket, utredningen fortsätter i hopp om att hitta flera.

Kvinnan sägs ha använt sig av den populära dejtingappen: Tinder, där hon använt sig av en falsk identitet och lockat till sig killar med sina provokativa bilder och utlovning av sex. Det är under sex akten som kvinnan lyckats binda fast, torterat och mördat killarna för egen njuting och inväntar nu rättegång«.